New TOEIC Model Test 3 詳解

PART 1

1.（**D**）(A) 他正在街上走。
(B) 他正在排隊。
(C) 他正在洗手。
(D) 他正在講電話。

* ***stand in line*** 排隊　　***be on the phone*** 講電話；在通話

2.（**B**）(A) 有災難。
(B) 這是一條地下水管線。
(C) 他們正在游泳。
(D) 在下雨。

* disaster〔dɪ'zæstɚ〕*n.* 災難；不幸
underwater〔ˌʌndɚ'wɔtɚ〕*adj.* 水中的；水面下的
pipeline〔'paɪpˌlaɪn〕*n.* 渠道；路線

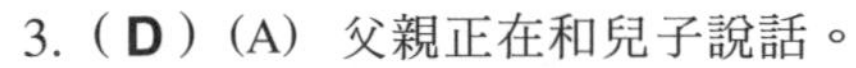

3.（**D**）(A) 父親正在和兒子說話。
(B) 教練正在和球員說話。
(C) 律師正在和他的客戶說話。
(D) 醫生正在和護士說話。

4.（**B**）(A) 他們在一間圖書館裡。
(B) 他們在一間餐廳裡。
(C) 他們在一家工廠裡。
(D) 他們在一家銀行裡。

5.（**A**）(A) 她正在加油。
(B) 她正在喝茶。
(C) 她正在戴帽子。
(D) 她正在洗澡。

* pump〔pʌmp〕*v.* 灌注；傾注
gas〔gæs〕*n.*【美】【口】汽油

6.（**D**）(A) 體育場是滿的。
(B) 海灘是擁擠的。
(C) 郵局是關閉的。
(D) 宴會廳是空的。

* stadium〔ˈstedɪəm〕*n.* 體育場；球場
crowded〔ˈkraʊdɪd〕*adj.* 擁擠的
banquet〔ˈbæŋkwɪt〕*n.* 宴會　　hall〔hɔl〕*n.* 會堂；大廳
empty〔ˈɛmptɪ〕*adj.* 空的；未佔用的

7.（**A**）(A) 老師正指著地圖。
(B) 經理正指著圖表。
(C) 店員正指著同事。
(D) 目擊者正指著嫌疑犯。

* manager〔ˈmænɪdʒɚ〕*n.*（公司等的）負責人；經理
chart〔tʃɑrt〕*n.* 圖表　　clerk〔klɝk〕*n.* 店員；銷售員
coworker〔ˈko,wɝkɚ〕*n.* 同事　　witness〔ˈwɪtnɪs〕*n.* 目擊者
suspect〔ˈsəspɛkt〕*n.* 嫌疑犯；可疑分子

8.（**D**）(A) 這些是頭戴式耳機。
(B) 這些是登山靴。
(C) 這些是眼鏡。
(D) 這些是手銬。

* headphone〔ˈhɛd,fon〕*n.* 頭戴式耳機
hiking〔ˈhaɪkɪŋ〕*n.* 健走　　boot〔but〕*n.* 靴
hiking boots 登山靴　　handcuff〔ˈhænd,kʌf〕*n.* 手銬

9.（**B**）(A) 公車在公車站。
(B) 貨船在裝貨碼頭。

(C) 飛機在閘門。
(D) 帆船在海上。

* cargo〔ˈkɑrgo〕*n.* 貨物
loading〔ˈlodɪŋ〕*n.* 裝貨；裝料　　dock〔dɑk〕*n.* 碼頭；港區
gate〔get〕*n.* 閘門；登機門　　sailboat〔ˈsel,bot〕*n.* 帆船

10. (**C**) (A) 他們在一間遊樂園。
(B) 他們在地鐵裡。
(C) 他們在一場雞尾酒派對上。
(D) 他們在一場商務會議中。

* amusement〔 ə'mjuzmənt 〕*n.* 樂趣
amusement park 遊樂園　　subway〔'sʌb,we 〕*n.* 地下鐵
cocktail〔'kɑk,tel 〕*n.* 雞尾酒

PART 2 詳解

11. (**B**) 在你袖子上的是什麼？
(A) 我的袖子上穿著它。　　(B) 咖啡污漬。
(C) 我會很高興。
* sleeve〔 sliv 〕*n.* 袖子　　stain〔 sten 〕*n.* 汙點；汙跡

12. (**A**) 你從南非來的，不是嗎？
(A) 是，我出生在那裡。
(B) 總是。
(C) 不，我每兩年回家一次。
* ***South Africa*** 南非　　***every other year*** 每隔一年

13. (**A**) 我現在要找新的秘書有困難。
(A) 他們目前很受歡迎。
(B) 留個訊息給我的秘書。
(C) 我找不到。
* ***have trouble Ving*** 做…有麻煩
secretary〔'sɛkrə,tɛrɪ 〕*n.* 祕書
demand〔 dɪ'mænd 〕*n.* 要求；請求　　***in demand*** 受歡迎的

14. (**A**) 你有去過日本嗎？
(A) 有，我去過。　　(B) 不，我不會。
(C) 日本人已經到達。

15. (**B**) 那是最後的牛奶嗎？

(A) 它在瓶子裡。　(B) 不，冰箱裡還有。

(C) 他們每天喝牛奶

* bottle〔ˈbɑtl̩〕*n.* 瓶子
fridge〔frɪdʒ〕*n.* 冰箱（= *refrigerator*）

16. (**A**) 你早餐吃什麼？

(A) 我吃培根和蛋。　(B) 歡迎你加入我們。

(C) 午餐時間到了。

* breakfast〔ˈbrɛkfəst〕*n.* 早餐　bacon〔ˈbekən〕*n.* 培根

17. (**C**) 你在哪裡看到馬文？

(A) 在書裡。　(B) 在廣播中。

(C) 在購物中心。

* ***on the radio*** 在廣播中；用收音機　mall〔mæl〕*n.* 購物中心

18. (**C**) 我不是很忙。你有需要任何幫助嗎？

(A) 我太忙了。你的問題是什麼？

(B) 我等會會回來。明天可以嗎？

(C) 我確實需要幫忙。你可以分類這些檔案嗎？

* ***Would you mind Ving*** 你可以…嗎？
sort〔sɔrt〕*v.* 把…分類

19. (**C**) 有幾位病患等著見您。

(A) 謝謝，我等一下看他們。

(B) 要有耐心。

(C) 請他們一次進來一位。

* patient〔ˈpeʃənt〕*n.* 病人　*adj.* 有耐心的

20. (**B**) 這附近有郵局嗎？

(A) 我有很多垃圾郵件。　(B) 在下一個街區有一家。

(C) 不要棄守你的崗哨。

* ***post office*** 郵局　nearby〔ˈnɪrˌbaɪ〕*adj.* 附近的
junk mail 垃圾信件；廣告信函
block〔blɑk〕*n.* （四面圍有街道的）街區
abandon〔əˈbændən〕*v.* 丟棄；拋棄　post〔post〕*n.* 崗位

21. (**A**) 你這週會完成報告嗎？
(A) 不，會需要至少再一週。
(B) 如果你用完它的話。
(C) 我的發現在報告裡。
* report〔rɪˈport〕*n.* 報告；報告書　***at least*** 至少
finding〔ˈfaɪndɪŋ〕*n.* 發現

22. (**B**) 你喜歡游泳嗎？
(A) 我正在下沉。　(B) 是，我愛游泳。
(C) 水太冷。

23. (**A**) 你週五能放假嗎？
(A) 不幸地，我老闆說不行。
(B) 有事不太對勁。　(C) 可能，可能不。
* ***be able to*** 能夠　***get a day off*** 休假　off〔ɔf〕*adj.* 偏離的

24. (**C**) 多少員工將會被解雇？
(A) 我們只雇用五位新員工。
(B) 不足夠去完成工作。
(C) 我不確定。
* employee〔ˌɛmplɔɪˈi〕*n.* 受僱者；雇員
lay off 解雇；停止使用

25. (**A**) 你想要和我們一起吃晚餐嗎？
(A) 謝謝提議，但我有其他的計畫了。
(B) 午餐很美味。
(C) 我通常吃份量很大的早餐。

* offer〔ˈɔfɚ〕*n.* 提議；提供　plan〔plæn〕*n.* 計畫；方案
delicious〔dɪˈlɪʃəs〕*adj.* 美味的

26. (**B**) 你覺得考試會很難嗎？
(A) 考試將在週一舉行。
(B) 我覺得會。我們必須非常努力唸書。
(C) 很難說。她可能會。
* hold〔hold〕*v.* 舉行　hard〔hɑrd〕*adj.* 努力的；刻苦的
It's hard to say 很難說…

27. (**C**) 你在情人節寄送花給你女朋友嗎？
(A) 我沒有男朋友。
(B) 明天是情人節。
(C) 我單身。
* ***Valentine's day*** 情人節　single〔ˈsɪŋgl̩〕*adj.* 單身的

28. (**C**) 我試圖打給你但沒有接通。
(A) 任何時間都可以打給我，不要當個陌生人。
(B) 我試圖要打給你，向你解釋我的感覺。
(C) 我忘記去付帳單了，他們關閉我的通話服務。
* ***try to*** 試圖　***get through*** 用電話（或無線電）聯繫上
stranger〔ˈstrendʒɚ〕*n.* 陌生人
mean〔min〕*v.* 試圖；打算【三態變化：mean-meant-meant】
mean to V 試圖做某事　explain〔ɪkˈsplen〕*v.* 解釋；說明
feeling〔ˈfilɪŋ〕*n.* 感覺　***pay the bill*** 繳錢；付帳
shut off 關掉；切斷　service〔ˈsɝvɪs〕*n.* 服務

29. (**C**) 此活動會是個大集合嗎？
(A) 是，輪到我了。　(B) 是，將會。
(C) 是，很擁擠。
* ***turn-out*** 集合；出席　event〔ɪˈvɛnt〕*n.* 活動；事件
packed〔pækt〕*adj.* 擁擠的；塞得滿滿的

30. (**B**) 蒂娜住過倫敦一陣子，沒有嗎？

(A) 這次我不會在倫敦。

(B) 我想她有。　　(C) 我在那一陣子。

* ***for a while*** 暫時；一會兒

31. (**B**) 你們的週年紀念日是什麼時候？

(A) 昨天。　　(B) 七月十二日

(C) 六點整。

* anniversary〔,ænə'vɝsərɪ〕*n.* 週年紀念；週年紀念日

32. (**B**) 你有機會參訪這個網站嗎？

(A) 好，我會用我的電腦。

(B) 我有但只有一分鐘。

(C) 他們可能有機會會來拜訪。

* ***get a chance*** 我非常同意　　visit〔'vɪzɪt〕*v.* 參觀；拜訪

33. (**B**) 這團隊打得很好，不是嗎？

(A) 運動員一開始時被支付過高的薪水。

(B) 是的，他們似乎有很棒的團隊默契。

(C) 我沒有促成這團隊。

* athlete〔'æθlit〕*n.* 運動員
overpay〔'ovɚ'pe〕*v.* 給…過多報酬【三態變化：overpay-overpaid-overpaid】　　***begin with*** 一開始；首先
chemistry〔'kɛmɪstrɪ〕*n.* 化學作用；團隊默契

34. (**C**) 今年你還有剩下任何休假日嗎？

(A) 我不常去。

(B) 當然，我是個休閒愛好者。

(C) 不，我把它們都用完了。

* vacation〔ve'keʃən〕*n.* 休假；假期
leave〔liv〕*v.* 剩下【三態變化：leave-left-left】
leisure〔'liʒɚ〕*n.* 閒暇；空暇時間　　***use up*** 用完；消耗

35. (**A**) 這是你的錢包嗎？

(A) 不，它不是。　　(B) 是，他們可以。

(C) 在我錢包裡。

* wallet〔ˈwɑlɪt〕*n.* 錢包

36. (**C**) 誰將會是專案經理？

(A) 我會儘快地完成這項計畫。

(B) 我經理正在聽。　　(C) 我們還沒決定。

* project〔prəˈdʒɛkt〕*n.* 方案；計畫

project manager 專案經理　　***as soon as possible*** 儘快地

decide〔dɪˈsaɪd〕*v.* 決定；決意

37. (**B**) 你爲什麼不請麗莎幫你？

(A) 請記在麗莎的帳上。　　(B) 她有很多事要做。

(C) 你沒問我。

* account〔əˈkaʊnt〕*n.* 帳

put it on *sb's* ***account*** 記在～的帳上

38. (**C**) 有人將會在機場和拉森先生碰面嗎？

(A) 他的航班在中午到達。　　(B) 我從來沒有遇到他。

(C) 不，他說不需要。

* airport〔ˈɛr,port〕*n.* 機場；航空站

flight〔flaɪt〕*n.*（飛機的）班次

necessary〔ˈnɛsə,sɛrɪ〕*v.* 必要的；必需的

39. (**A**) 銷售會議是什麼時候？

(A) 早上九點整。　　(B) 我開會要遲到了。

(C) 現在是七點半。

* sales〔selz〕*adj.* 銷售的；售貨的　*n.* 銷售（額）

40. (**C**) 你有最愛的電影嗎？

(A) 我沒有很常看電視。　　(B) 那是我的最愛。

(C) 沒有，沒有最愛的。

PART 3 詳解

***Questions 41 through 43** refer to the following conversation.*

男：多莉絲，我注意到我們的季收益報表有些不規律的地方。

女：眞的嗎，湯姆？可以請你指出它們給我嗎？

男：嗯，例如，六月份這裡，亞特蘭大分行加倍了他們的平均銷售額，但是七月的數字卻少於他們典型回報的一半。

女：你說得沒錯。會計方面某些東西出了問題。讓我檢查過整份報告後，我將會向你回報我的發現。

* irregularity〔ˌɪrɛgjəˈlærətɪ〕*n.* 不規則的事物
quarterly〔ˈkwɔrtɚlɪ〕*adj.* 季度的；按季度的
earning〔ˈɝnɪŋ〕*n.* 收入；薪資
report〔rɪˈport〕*n.* 報告 *v.* 報告 ***earnings report*** 收益報表
point out 指出 ***for instance*** 例如
Atlanta〔ætˈlæntə〕*n.* 亞特蘭大【美國喬治亞州首府】
branch〔bræntʃ〕*n.* 分行；分公司
double〔ˈdʌbl̩〕*v.* 是…的兩倍 average〔ˈævərɪdʒ〕*adj.* 平均的
typically〔ˈtɪpɪkl̩ɪ〕*adv.* 代表性地；典型地
go wrong 走錯路；出毛病 accounting〔əˈkauntɪŋ〕*n.* 會計
look over 檢查 entire〔ɪnˈtaɪr〕*adj.* 全部的；整個的
get back to sb 以後再對某人說或給某人寫信（尤指回覆）
finding〔ˈfaɪndɪŋ〕*n.* 發現

41. (**A**) 此對話最有可能在哪裡發生？

(A) 在一間公司的總部。
(B) 在亞特蘭大分行。
(C) 在一個擁擠的禮堂。
(D) 在一間百貨公司。

* ***take place*** 舉行；發生 corporate〔ˈkɔrpərɪt〕*adj.* 公司的
headquarters〔ˈhɛdˈkwɔrtɚz〕*n. pl.*（公司、機關等的）總部
auditorium〔ˌɔdəˈtorɪəm〕*n.* 會堂；禮堂
department store 百貨公司

42. (**A**) 關於男人，什麼是眞的？

(A) 他看季收益報表。
(B) 他負責亞特蘭大分行。
(C) 他把他六月的銷售額翻兩倍。
(D) 他無法達到他七月的銷售目標。

* ***in charge of*** 負責　　fail〔 fel 〕*v.* 失敗
target〔ˈtɑrgɪt〕*n.*（欲達到的）目標

43. (**C**) 女人接下來最有可能做什麼？

(A) 致電亞特蘭大分行。
(B) 開除會計人員。
(C) 重看收益報表。
(D) 預約時間和湯姆碰面。

* accountant〔əˈkaʊntənt〕*n.* 會計人員
***make an appointment with** sb* 與某人有約

***Questions 44 through 46** refer to the following conversation.*

女：嗨，比爾。好久不見。你家人好嗎？
男：嘿，蘿倫。我家人很好。妳知道的，小孩子長得很快。珍妮才剛剛開始讀高一，巴比現在是七年級。
女：我的天啊！。從我們上次談話後已經過了這麼久了嗎？
男：我想是的。

44. (**A**) 說話者在討論什麼？

(A) 男人的家人。　(B) 男人的生意。
(C) 女人的健康。　(D) 女人的工作。

45. (**A**) 說話者間的關係是？

(A) 老友。　(B) 手足。
(C) 夫妻。　(D) 配偶。

* sibling〔ˈsɪblɪŋ〕*n.* 兄弟姊妹　　spouse〔spaʊz〕*n.* 配偶

46. (**C**) 誰現在念高中？

(A) 比爾。　(B) 蘿倫。
(C) 珍妮。　(D) 巴比。

Questions 47 through 49 refer to the following conversation.

男：我聽到消息。明天有大型簡報。妳準備好了嗎？
女：我覺得我準備好了。我已經查看過所有我的資料而且練習我的演說。哎呀！你介意我對著你演練一遍嗎？
男：一點也不介意。請吧。我洗耳恭聽。
女：好，等一下。讓我拿出我的手稿。請坐。這可能會花一分鐘。

* presentation〔ˌprizɛn̩ˈteʃən〕*n.* 呈現；表現　***go over*** 查看
material〔məˈtɪrɪəl〕*n.* 資料；素材　say〔se〕*int.* 喂；哎呀
not at all 一點都不　***be all ears*** 【口】傾聽；全神貫注地聽
hang on 等待片刻　script〔skrɪpt〕*n.* 手稿

47. (**B**) 女人準備要做什麼？

(A) 找個工作。　(B) 做簡報。
(C) 增進她的履歷。　(D) 放假。

* ***build up*** 增進　resume〔ˌrɛzjuˈme〕*n.* 履歷

48. (**D**) 男人如何知道女人正在做什麼？

(A) 他們是同事。　(B) 女人的表情說明一切。
(C) 他是她的上司。　(D) 某人告訴他。

* ***it's written on sb's face*** 寫在某人的臉上；溢於言表
supervisor〔ˌsupəˈvaɪzə〕*n.* 監督人；管理人

49. (**B**) 男人同意做什麼？

(A) 發表簡報。　(B) 聽取一輪簡報的練習。
(C) 創作簡報。　(D) 為簡報收集資源。

* run〔rʌn〕*n.* 一連串；連續　gather〔ˈgæðə〕*v.* 收集；召集
resource〔rɪˈsors〕*n.* 資源；物力

***Questions 50 through 52** refer to the following conversation.*

女：你和你的室友說過噪音的問題嗎？

男：我試了，但他不願意聽。我沒有簽租屋合約，所以根據他的說法，我沒有權力投訴。

女：那你打算怎麼做？搬出去？

男：我想是吧。我的意思是，我眞的沒有選擇。我不能在這種情況下繼續住下去。

女：這就是有室友的惡夢。我幾年前經歷過類似的狀況。

* issue〔'ɪʃʊ〕*n.* 問題；議題　***be willing to*** 願意
lease〔lis〕*n.* 租約　complain〔kəm'plen〕*v.* 投訴；控訴
choice〔tʃɔɪs〕*n.* 選擇；抉擇
condition〔kən'dɪʃən〕*n.* 情況；狀態
nightmare〔'naɪt,mɛr〕*n.* 惡夢；夢魘　***go through*** 經歷

50. (**B**) 男人的問題是什麼？
(A) 他的雇主揚言要開除他。
(B) 他的室友製造很多噪音。
(C) 他的兄弟要求貸款。　(D) 他的公寓太擁擠。
* employer〔ɪm'plɔɪɚ〕*n.* 僱主；僱用者
threaten〔'θrɛtn̩〕*v.* 揚言要；威脅　loan〔lon〕*n.* 貸款

51. (**B**) 爲什麼男人沒有權力投訴？
(A) 他製造太多噪音。　(B) 他沒有簽租屋合約。
(C) 他沒有付租金。　(D) 他不在那裡上班。
* rent〔rɛnt〕*n.* 租金；租費

52. (**C**) 近期內男人最有可能做什麼？
(A) 關於他的情況，去看醫生。
(B) 面談新室友。　(C) 尋找新的地方住。
(D) 經歷一個相同的狀況。
* interview〔'ɪntɚ,vju〕*v.* 面談；接見　***look for*** 尋找

<u>Questions 53 through 55</u> *<u>refer to the following conversation.</u>*

男：謠傳瑞克・利斗是下一任國際銷售的副主席。不是妳應該接那個位子的嗎？

女：我本來是，但在與約翰和黛博拉談過後，我決定反對接下它。

男：嗯，有趣。他們說了什麼讓妳改變心意？

女：嗯，你知道的，那個位子隨之而來的是很多的壓力和責任，而我不認爲我準備好了。或許在我準備好升爲管理職之前，我需要多一、兩年做爲合作夥伴。

* ***V.P.*** 副主席；副總統（= *vice president*）
pressure〔ˈprɛʃɚ〕*n.* 壓力
responsibility〔rɪˌspɑnsəˈbɪlətɪ〕*n.* 責任
associate〔əˈsoʃɪɪt〕*n.* 合夥人；同事
move up 提升；向前挪動
management〔ˈmænɪdʒmənt〕*n.* 管理；經營

53.（**A**）說話者是？

(A) <u>同事。</u>　(B) 敵人。
(C) 手足。　(D) 對手。

* colleague〔ˈkɑlig〕*n.* 同事　enemy〔ˈɛnəmɪ〕*n.* 敵人
rival〔ˈraɪvl̩〕*n.* 競爭者；對手

54.（**B**）女人做了什麼？

(A) 她開立她自己的生意。
(B) <u>她回絕了升職。</u>
(C) 她請了育嬰假。
(D) 她從公司辭職。

* ***turn down*** 拒絕（某人或其請求、忠告等）
promotion〔prəˈmoʃən〕*n.* 提升；晉級
maternity〔məˈtɝnətɪ〕*adj.* 適用於孕婦的
maternity leave 育嬰假
resign〔rɪˈzaɪn〕*v.* 辭職 <*from*>

55. (**D**) 她爲什麼這樣做？

(A) 她不把它看做是一個正向的職涯變動。

(B) 她認爲瑞克・利斗將會做得更好。

(C) 她想要離開銷售進入市場行銷。

(D) <u>她還沒準備好要承擔責任。</u>

* positive〔ˈpɑzətɪv〕*adj.* 正向積極的；有建設性的
career〔kəˈrɪr〕*n.*（終身的）職業；經歷；生涯
get out of 從…中出來　marketing〔ˈmɑkɪtiŋ〕*n.* 市場行銷

<u>Questions 56 through 58</u> *<u>refer to the following conversation.</u>*

女：不好意思，服務生。我準備好要點餐了。
男：是，女士。您對菜單有任何問題嗎？

女：不，我說我準備好要點餐了。我要一份凱薩沙拉和一杯冰茶。
男：好，馬上來。

女：稍等！你們沒有任何特餐嗎？
男：我們有，但妳說妳準備好要點餐了。

* order〔ˈɔrdɚ〕*v.* 點餐；叫（菜或飲料）
ma'am〔mæm〕*n.* 女士（= *madam*）
Caesar〔ˈsizɚ〕*n.* 凱撒【古羅馬政治家】　iced〔aɪst〕*adj.* 冰的
come up 發生；出現　special〔ˈspɛʃəl〕*n.* 特色菜；拿手菜

56. (**D**) 這對話發生在哪裡？

(A) 在地鐵。　(B) 在一個網路聊天室。

(C) 在一場商務會議。　(D) <u>在一間餐廳。</u>

* subway〔ˈsʌbˌwe〕*n.*【美】地下鐵

57. (**A**) 先是發生了什麼？

(A) <u>女人叫服務生來。</u>　(B) 服務生出現在桌邊。

(C) 女人點餐。

(D) 服務生詢問女人是否有任何問題。

* appear〔əˈpɪr〕*v.* 出現；顯露

58. (**C**) 「沒有」發生什麼？

(A) 女人要求一杯冰茶。

(B) 女人詢問關於特餐的事。

(C) 服務生介紹他自己。

(D) 服務生接受女人的點餐。

* introduce 〔ˌɪntrəˈdjus〕*v.* 介紹

***Questions 59 through 61** refer to the following conversation.*

男：貨在海關那裡延誤了。

女：這不好了。如果貨物在週五前放行，我們將可以過關。否則，我們就必須延期生產而且重做廣告宣傳。

男：因爲我們已經排週一要開會，所以我們可以開始修改宣傳——如果這證明是必要的話。

女：我怕這將會是必要的。這不是第一次我們的貨物被耽擱在海關那裡。

* shipment 〔ˈʃɪpmənt〕*n.* 裝載的貨物　***hold up*** 延誤
customs 〔ˈkʌstəmz〕*n. pl.* 海關　release 〔rɪˈlis〕*v.* 放行；發表
otherwise 〔ˈʌðɚˌwaɪz〕*adv.* 否則　delay 〔dɪˈle〕*v.* 延期；延緩
production 〔prəˈdʌkʃən〕*n.* 生產　redo 〔riˈdu〕*v.* 再做；改裝
ad 〔æd〕*n.* 廣告（= *advertisement*）
campaign 〔kæmˈpen〕*n.* 宣傳；活動
schedule 〔ˈskɛdʒʊl〕*v.* 將…列入計畫（或時間）表
revise 〔rɪˈvaɪz〕*v.* 修改　***turn out to be*** 證明是…；原來是…
necessary 〔ˈnɛsəˌsɛrɪ〕*adj.* 必要的
detain 〔dɪˈten〕*v.* 留住；使耽擱

59. (**B**) 如果貨物沒有到達會發生什麼事？

(A) 顧客會抱怨。　(B) 生產會延期。

(C) 他們會等到禮拜一。　(D) 將會被要求另外的貨。

* postpone 〔postˈpon〕*v.* 使延期；延遲
request 〔rɪˈkwɛst〕*v.* 要求；請求

60. (**D**) 週一將會發生什麼？

(A) 廣告宣傳將開始。 (B) 生產將重新開始。
(C) 貨物將通過海關。 (D) 將會有場會議。

* resume〔rɪ'zjum〕*v.* 重新開始；繼續
clear〔klɪr〕*v.* 通過（海關等）

61. (**A**) 關於延遲，女人說了什麼？

(A) 之前發生過。 (B) 之前從來沒有發生過。
(C) 每次都發生。 (D) 非常不尋常。

* unusual〔ʌn'juʒuəl〕*adj.* 不平常的；奇特的

Questions 62 through 64 *refer to the following conversation.*

女：我把包裹放在那一大疊書的上面。
男：哪一疊？妳是說在門邊書架上的那些書嗎？
女：不是，是在印表機旁邊你書桌上的那一大疊。我特別放在那裡因爲我確定你會看到。
男：嗯，我沒看到。下次就放在接待員那邊。那是我一定會拿到的唯一方式。我那有全部資料夾和書籍堆疊在一起的書桌是個災難。

* package〔'pækɪdʒ〕*n.* 包裹　***on the top of*** 在上面
stack〔stæk〕*n.* 一堆；一疊 <*of*>　printer〔'prɪntɚ〕*n.* 印表機
specifically〔spɪ'sɪfɪkḷɪ〕*adv.* 特別地；明確地
receptionist〔rɪ'sɛpʃənɪst〕*n.* 接待員；傳達員
sure-fire〔'ʃurfaɪr〕*adj.* 一定成功的；不會失敗的
disaster〔dɪ'zæstɚ〕*n.* 災害；災難
folder〔'foldɚ〕*n.* 文書夾；紙夾　***pile up*** 堆積

62. (**C**) 女人把包裹放在哪？

(A) 書架上。 (B) 印表機上。
(C) 在書桌上的一些書上面。
(D) 在接待員的鍵盤上。

63. (**A**) 書架在哪裡？

(A) 在門邊。 (B) 在窗邊。
(C) 在書桌後面。 (D) 在電腦附近。

64. (**B**) 女人下次應該做什麼？

(A) 再三地道歉。
(B) 把包裹留在接待員那裡。
(C) 使男人的書桌井然有序。
(D) 製造新的一疊書。

* apologize〔ə'pɑlə,dʒaɪz〕*v.* 道歉；認錯
profusely〔prə'fjuslɪ〕*adv.* 再三地；大量地
organize〔'ɔrgə,naɪz〕*v.* 使井然有序；使有條理

***Questions 65 through 67** refer to the following conversation.*

男：在傑克森街右轉。戲院在沿著那個街區的路上。
女：我不能在傑克森街右轉；它是一條朝西的單向道。
男：那麼在下一條街往右，它是什麼街，華盛頓街嗎？然後我們可以繞一下，停在戲院後面。
女：你不太瞭解這個城市，對吧？華盛頓街是一條會開上橋的入口斜坡道，那會把我們帶到河的另一邊。

* halfway〔'hæf'we〕*adj.*（兩點間）中途的
up〔ʌp〕*prep.* 沿著
block〔blɑk〕*n.* 街區 *v.* 阻塞；堵住
head〔hɛd〕*v.*（向特定方向）出發 ***loop around*** 呈弧形移動
on-ramp〔'ɑn,ræmp〕*n.*（高速公路等的）入口斜坡道
***put** sb **on** sth* 安置某人去某處

65. (**A**) 他們要去哪？

(A) 去戲院。 (B) 到河邊。
(C) 去購物中心。 (D) 到公園。

66. (**B**) 爲什麼女人不能在傑克森街右轉？

(A) 十字路口堵住。 (B) 它是單向的街道。
(C) 交通流量太大。 (D) 街道是關閉的。

* intersection〔ˌɪntɚˈsɛkʃən〕*n.* 十字路口；交叉點；道路交叉口
traffic〔ˈtræfɪk〕*n.* 交通行列；交通量

67. (**A**) 女人暗示什麼？

(A) 她對這城市的了解是比較好的。
(B) 那場秀他們將會遲到。 (C) 他們迷路不是她的錯。
(D) 她一直都想過橋。

* superior〔səˈpɪrɪɚ〕*adj.* 較好的；優秀的
fault〔fɔlt〕*n.* 錯誤

***Questions 68 through 70** refer to the following conversation.*

女： 也許如果我們要求少一點錢，預算就會被同意了。
男： 但是我們就沒有足夠的錢去完成企畫。
女： 現在我們沒有錢也沒有方法去完成企畫。如果我們改寫預算，或許就會被同意。
男： 我不會指望這個。我們最好的對策是，等到這企畫變得重要到被金援。這只是我基於在這家公司十年的個人意見

* ***ask for*** 要求 budget〔ˈbʌdʒɪt〕*n.* 預算；經費
approve〔əˈpruv〕*v.* 贊成；同意
complete〔kəmˈplit〕*v.* 完成 rewrite〔rɪˈraɪt〕*v.* 改寫；修改
count on 指望；依靠 bet〔bɛt〕*n.* 對策；辦法
fund〔fʌnd〕*v.* 提供（事業等的）資金
opinion〔əˈpɪnjən〕*n.* 意見 ***base on*** 基於；以…爲基準
firm〔fɝm〕*n.* 公司；商行

68. (**D**) 女人認爲她們應該做什麼？

(A) 提交預算。 (B) 完成企畫。
(C) 要求更多錢。 (D) 要求更少錢。

* submit〔səbˈmɪt〕*v.* 提交

69. (**A**) 女人現在想要做什麼？

(A) 修改預算。 (B) 無論如何完成企畫。
(C) 等到資金到位。 (D) 要求更多時間。

* anyway〔'ɛnɪ,we〕*adv.*【口】無論如何；至少；反正

70. (**C**) 男人的意見是基於？

(A) 直覺。 (B) 情緒。
(C) 過去經驗。 (D) 事實。

* instinct〔'ɪnstɪŋkt〕*n.* 直覺 emotion〔ɪ'moʃən〕*n.* 情緒

PART 4 詳解

Questions 71 through 73 refer to the following report.

在銷售量下降的三年之後，今年國內自釀啤酒的出貨量上升超過1%。推動這一榮景的是淡啤酒和特殊口味啤酒的銷售量，如百威白金淡啤酒、衝擊精華和藍月。雖然特殊口味啤酒、手工啤酒和小衆啤酒的銷量已戲劇性地改善，但曾經是大多數啤酒廠主打商品的傳統、全熱量啤酒之銷量卻已落後。在之前五年，多年來國內最暢銷的啤酒——百威，它的銷量已下降了七百萬桶。九個國內的啤酒品牌它們的銷量在過去的五年裡下降了至少百分之三十。對於某些啤酒品牌來說，銷量的下降反映了消費者不斷變化的習慣；淡啤酒日益成爲許多啤酒飲用者的首選飲料。

* declining〔dɪ'klaɪnɪŋ〕*adj.* 逐漸減少的
domestically〔də'mɛstɪkl̩ɪ〕*adv.* 在國內方面；適合國內地
brew〔bru〕*v.* 釀造；用…釀酒 up〔ʌp〕*adj.* 上升的
uptick〔'ʌptɪk〕*n.* 生意興旺 light〔laɪt〕*adj.*（口味）淡的；輕的
specialty〔'spɛʃəltɪ〕*n.* 特製品；名產 ***such as*** 像；例如
Budweiser〔bʌd'waɪzɚ〕*n.* 百威啤酒【簡稱百威。百威啤酒在 1876 年起開始釀製，時至今日已成爲全球熟識的啤酒品牌】
platinum〔'plætnəm〕*n.* 白金
Shock Top 衝擊精華【在台灣沒有進口，它是百威母集團「安海斯・布希」旗下的啤酒產品之一】

Blue moon 藍月【比利時式釀造的小麥啤酒】
craft〔kræft〕*n.* 工藝；手藝
improve〔ɪm'pruv〕*v.* 改善；增進
dramatically〔drə'mætɪkḷɪ〕*adv.* 戲劇性地；引人注目地
traditional〔trə'dɪʃənḷ〕*adj.* 傳統的；慣例的
calorie〔'kælərɪ〕*n.* 卡；卡路里　staple〔'stepḷ〕*n.* 主要商品
brewery〔'bruərɪ〕*n.* 啤酒廠；釀造廠　***fall behind*** 落後；趕不上
previous〔'priviəs〕*adj.* 先的；之前的　fall〔fɔl〕*v.* 下降；減少
million〔'mɪljən〕*adj.* 百萬的　barrel〔'bærəl〕*n.*（液量單位）桶
domestic〔də'mɛstɪk〕*adj.* 國內的
brand〔brænd〕*n.* 商標；牌子
decline〔dɪ'klaɪn〕*v. n.* 減少；衰退　***at least*** 至少
reflect〔rɪ'flɛkt〕*v.* 反映　consumer〔kən'sjumɚ〕*n.* 消費者
changing〔'tʃeɪndʒɪŋ〕*adj.* 轉變的　habit〔'hæbɪt〕*n.* 習慣
increasingly〔ɪn'krisɪŋlɪ〕*adv.* 越來越多地
beverage〔'bɛvərɪdʒ〕*n.* 飲料　choice〔tʃɔɪs〕*n.* 選擇；抉擇

71.（**A**）此報導的主旨是什麼？

(A) 啤酒飲用者的偏好。
(B) 進口啤酒銷售額的下降。
(C) 國產啤酒銷售額的上升。
(D) 消費者消費習慣的穩定性。

* preference〔'prɛfərəns〕*n.* 偏愛的事物（或人）
import〔ɪm'port〕*v.* 進口；輸入
rise〔raɪz〕*n.* 上升；升起
stability〔stə'bɪlətɪ〕*n.* 堅定；穩定

72.（**B**）過去近五年發生什麼事？

(A) 百威已經賣出七百萬桶啤酒。
(B) 九家國內啤酒品牌的銷售額下降。
(C) 消費者不購買特製啤酒。
(D) 國內的啤酒消耗量依然相同。

* remain〔rɪ'men〕*v.* 保持；仍是

73. (**A**) 現行的趨勢反映了什麼？

(A) 改變中的消費者習慣。
(B) 燃料價錢的上升。
(C) 停滯的經濟。
(D) 價錢高過於品味的擔憂。

* current〔'kɝənt〕*adj.* 當前的；現行的
trend〔trɛnd〕*n.* 趨勢；時尚　fuel〔'fjuəl〕*n.* 燃料
stagnant〔'stægnənt〕*adj.* 不流動的；停滯的
economy〔ɪ'kɑnəmɪ〕*n.* 經濟；經濟情況
concern〔kən'sɝn〕*n.* 擔憂 < *over* >

***Questions 74 through 76** refer to the following interview.*

筆譯和口譯是兩個完全不同的工作。筆譯牽涉到書寫文字以及必須對較精細的語言細節嚴格注意。口譯處理口說詞語而且是一項較流暢、動態的藝術。當溝通失靈時，沒有時間伸手去拿字典。進入兩者中的任何一個領域並沒有特定的路線或要求。紮實的語言技能是不可少的。對於流暢度沒有眞正的測試，但對一位口譯者的好指標可能是能否用一種外語解釋如何繫鞋帶而不使用手勢。針對具挑戰性的筆譯和口譯工作，有幫助你增進語言技能的訓練課程。除了語言技能之外，你將需要有某一領域的專業知識。很多人想成爲一間「超級量販店」，但這終究會回歸到一個事實是，你無法翻譯你不能理解的東西。此外，語言是活的東西。它以增加新詞和文化背景不斷地變化著，因而在處理現行事件時也還需要對語言文化有良好的領會，因爲這會對我們如何溝通有著顯著的影響。

* translation〔træns'leʃən〕*n.* 翻譯；筆譯
interpretation〔ɪn,tɝprɪ'teʃən〕*n.* 口譯；詮釋
completely〔kəm'plitlɪ〕*adv.* 完全地；徹底地
separate〔'sɛpərɪt〕*adj.* 個別的；不同的
involve〔ɪn'vɑlv〕*v.* 牽涉；包含　written〔'rɪtn̩〕*adj.* 書寫的
strict〔strɪkt〕*adj.* 嚴格的　attention〔ə'tɛnʃən〕*n.* 注意；專心
pay attention to 注意　linguistic〔lɪŋ'gwɪstɪk〕*adj.* 語言的

detail〔ˈditel〕*n.* 細節；詳情　***deal with*** 處理
spoken〔ˈspokən〕*adj.* 口語的　fluid〔ˈfluɪd〕*adj.* 流動的
dynamic〔daiˈnæmɪk〕*adj.* 有活力的；有生氣的
reach for 伸手拿（東西）
dictionary〔ˈdɪkʃən,ɛrɪ〕*n.* 字典；辭典
communication〔kə,mjunəˈkeʃən〕*n.* 溝通；傳達；交流
break down 停止運轉；失靈　set〔sɛt〕*adj.* 固定的；不變的
route〔rut〕*n.* 路線；路程
requirement〔rɪˈkwaɪrmənt〕*n.* 要求；必需品
get into 參與某事；開始某事
field〔fild〕*n.*（知識）領域；專業　solid〔ˈsɑlɪd〕*adj.* 穩固的
must〔mʌst〕*n.* 不可少的事物　fluency〔ˈfluənsɪ〕*n.* 流暢
indicator〔ˈɪndə,ketɚ〕*n.* 指標
interpreter〔ɪnˈtɝprɪtɚ〕*n.* 口譯員　explain〔ɪkˈsplen〕*v.* 解釋
tie〔taɪ〕*v.* 繫；束縛　gesture〔ˈdʒɛstʃɚ〕*n.* 姿勢；手勢
training〔ˈtrenɪŋ〕*n.* 訓練；鍛鍊　sharpen〔ˈʃɑrpən〕*v.* 使敏銳
challenge〔ˈtʃælɪndʒ〕*n.* 有挑戰性　***in addition to*** 除了…尚有
specialist〔ˈspɛʃəlɪst〕*n.* 專家
certain〔ˈsɝtn̩〕*adj.* 一定（或某種）程度的
one stop shop 一次買齊所需的商店；超級量販店
***boil down to** sth.*（能）歸結爲某事物
living〔ˈlɪvɪŋ〕*adj.* 活的；在活動中的；在使用著的
constantly〔ˈkɑnstəntlɪ〕*adv.* 不斷地；時常地
addition〔əˈdɪʃən〕*n.* 增加的人（或物）
phrase〔frez〕*n.* 詞組　reference〔ˈrɛfərəns〕*n.* 參考；參照
grasp〔græsp〕*n.* 領會；理解　major〔ˈmedʒɚ〕*adj.* 供應
impact〔ˈɪmpækt〕*n.* 影響；衝擊
communicate〔kəˈmjunə,ket〕*v.* 溝通；交流（思想或感情等）

74.（**A**）說話者主要討論什麼？

(A) 她的工作。　(B) 她的嗜好。
(C) 她的家庭。　(D) 她的國家。

* hobby〔ˈhɑbɪ〕*n.* 嗜好

75. (**B**) 關於筆譯和口譯兩者，何者爲眞？

(A) 它們都是流動和動態的。

(B) 進入兩者中的任一領域並沒有特定的路線。

(C) 報酬高。　　(D) 工作冗長乏味。

* pay (pe) *n.* 薪俸；報酬
tedious (ˈtidɪəs) *adj.* 冗長乏味的；使人厭煩的

76. (**B**) 一位口譯者應該能做什麼？

(A) 當溝通失靈時伸手去拿字典。

(B) 用兩種語言解釋如何繫鞋帶而不使用手勢。

(C) 沒有外力協助而經營一家「超級量販店」。

(D) 說話流利而且不帶口音。

* outside (ˈautˈsaɪd) *adj.* 外邊的；外部的
assistance (əˈsɪstəns) *n.* 援助；幫助
fluently (ˈfluəntlɪ) *adv.* 流利地；流暢地
accent (ˈæksɛnt) *n.* 口音；腔調

Questions 77 through 79 *refer to the following message.*

您好，這是提姆・霍根社區擴展服務。致電是讓您知道十七日時我們在您的區域將會有一輛卡車。我們接受乾淨二手衣物的捐贈、窗簾和百葉窗、毛毯和寢具。我們也接受小家電如烤麵包機和微波爐、烹調器具、小型兒童玩具與書籍和雜誌。這個冬天特別需要溫暖的帽子和手套。如果您想捐贈，請把您的物品放在大袋子或盒子裡，並在週五（十七日）早上六點半之前將它們放置於你家門前的門廊或路邊。請確保袋子或盒子有標記上 CO。我們的司機會留給您捐贈收據。如果您有任何疑問，請致電 1-888-555-5353。謝謝您，祝有個美好的一天！

* community (kəˈmjunətɪ) *n.* 社區；共同社會；共同體
outreach (ˈaʊtˈritʃ) *n.* 擴大服務範圍
truck (trʌk) *n.*【美】卡車；載貨汽車　　accept (əkˈsɛpt) *v.* 接受
donation (doˈneʃən) *n.* 捐獻；捐贈　　used (juzd) *adj.* 二手的

clothing〔ˈkloðɪŋ〕*n.*（總稱）衣服　curtain〔ˈkɝtn̩〕*n.* 簾；帷幔
blind〔blaɪnd〕*n.* 百葉窗；窗簾　blanket〔ˈblæŋkɪt〕*n.* 毯子
bedding〔ˈbɛdɪŋ〕*n.* 寢具（指床單、被褥、床墊、床等）
household〔ˈhausˌhold〕*adj.* 家庭的；家用的
appliance〔əˈplaɪəns〕*n.* 裝置　toaster〔ˈtostɚ〕*n.* 烤麵包機
microwave〔ˈmaɪkroˌwev〕*n.* 微波　oven〔ˈʌvən〕*n.* 爐
utensil〔juˈtɛnsl̩〕*n.* 器皿；用具　glove〔glʌv〕*n.* 手套
donate〔ˈdonet〕*v.* 捐獻；捐贈　item〔ˈaɪtəm〕*n.* 品目；物品
porch〔portʃ〕*n.* 門廊；陽臺；走廊　curb〔kɝb〕*n.* 路邊
receipt〔rɪˈsit〕*n.* 收據；收條

77.（**A**）這則訊息主要的目的是？

(A) 請求捐贈。　(B) 徵募志願者。
(C) 吸引廣告客戶。　(D) 宣布銷售。

* purpose〔ˈpɝpəs〕*n.* 目的；意圖
solicit〔səˈlɪsɪt〕*v.* 請求；懇求
recruit〔rɪˈkrut〕*v.* 徵募；吸收（新成員）
volunteer〔ˌvɑlənˈtɪr〕*n.* 志願者；自願參加者
attract〔əˈtrækt〕*v.* 吸引
advertiser〔ˈædvɚˌtaɪzɚ〕*n.* 廣告客戶
announce〔əˈnauns〕*v.* 宣布；發布

78.（**A**）說話者主要要求什麼？

(A) 衣物和家用品項。　(B) 錢。
(C) 二手電子設備。　(D) 可回收的材料。

* electronic〔ɪlɛkˈtrɑnɪk〕*adj.* 電子的
device〔dɪˈvaɪs〕*n.* 設備；儀器；裝置
recyclable〔rɪˈsaɪkləbl̩〕*adj.* 可回收利用的
material〔məˈtɪrɪəl〕*n.* 材料；原料

79.（**D**）貨車在什麼時候會在該區域？

(A) 早上六點半。　(B) 星期二中午。
(C) 二號。　(D) 十七號星期五。

***Questions 80 through 82** refer to the following traffic report.*

嗨，各位，這是休・克羅克特汽車儀表板交通路況更新，它是一個很好的路況更新。報告這個時候的數件重大問題。兩車相撞正阻塞南行州際公路 55 號靠近射手大道入口斜坡道的右車道。與此同時，一個不相關的小車禍已癱瘓了射手大道/I-55 天橋的交通控制信號燈，而這讓每個方向都回堵了大約兩英里。接著，83 號公路上，一台載有家禽的貨車在普蘭菲爾德路附近的區域翻覆，車道上有幾百隻不受束縛的活雞。急救人員都在現場，我們已經收到幾起駕駛人因試圖避開鳥類而發生輕微追撞的報告。儀表板交通路況更新由總是幫您省更多錢的全國保險公司所贊助。下次更新時間為六點。

* dashboard〔ˈdæʃˌbɔrd〕*n.* 汽車儀器板
update〔ˈʌpdet〕*n. v.* 更新
folk〔fok〕*n.* 人們；(作稱呼) 各位　***a couple of*** 幾個；數個
major〔ˈmedʒɚ〕*adj.* 主要的；重要的
collision〔kəˈlɪʒən〕*n.* 碰撞　block〔blɑk〕*v.* 阻擋；妨礙
lane〔len〕*n.* 車道；線道
southbound〔ˈsaʊθˌbaʊnd〕*adj.* 往南的
interstate〔ˌɪntɚˈstet〕*n.*【美】州際公路
archer〔ˈɑrtʃɚ〕*n.* 弓箭手；射箭運動員
avenue〔ˈævəˌnju〕*n.* 大道
on-ramp〔ˈɑnˌræmp〕*n.* (高速公路) 入口斜坡道
meanwhile〔ˈminˌhwaɪ〕*adv.* 其間；同時
unrelated〔ˌʌnrɪˈletɪd〕*adj.* 無關的
fender-bender〔ˈfɛndɚˈbɛndɚ〕*n.* 小車禍；擦撞；輕微車禍
knock out 累倒；打敗　signal〔ˈsɪgnḷ〕*n.* 信號器；交通指示燈
overpass〔ˌovɚˈpæs〕*n.* 天橋；高架道　***back up*** 後退；倒退回去
direction〔dəˈrɛkʃən〕*n.* 方向；方位　route〔rut〕*n.* 路；路線
poultry〔ˈpoltrɪ〕*n.* 家禽　truck〔trʌk〕*n.*【美】卡車；載貨汽車
overturn〔ˌovɚˈtɝn〕*v.* 翻倒　section〔ˈsɛkʃən〕*n.* 區域；地段
loose〔lus〕*adj.* 未束縛的；未控制的
roadway〔ˈrodwe〕*n.* 車行道
emergency〔ɪˈmɝdʒənsɪ〕*n.* 緊急情況；突然事件

crew〔 kru 〕*n.* 一組（或一隊等）工作人員
on the scene 在場；出現（= *on the spot*）
report〔 rɪ'port 〕*n.* 報導；通訊　　minor〔'maɪnɚ 〕*adj.* 較小的
smash-up〔'smæʃ,ʌp 〕*n.* 撞車；車禍
sponsor〔'spɑnsɚ 〕*v.* 資助；贊助　　state〔 stet 〕*n.* 國家；政府
insurance〔 ɪn'ʃurəns 〕*n.* 保險；保險業

80. (**D**) 誰是預期聽衆？

(A) 家禽貨車司機。　　(B) 執法人員。
(C) 急救小組。　　(D) 通勤的人。

* intended〔 ɪn'tɛndɪd 〕*adj.* 預期的
enforcement〔 ɪn'forsmənt 〕*n.* 執行；強制
official〔 ə'fɪʃəl 〕*n.* 官員；公務員
commuter〔 kə'mjutɚ 〕*n.* 通勤者；遠距離上下班往返的人

81. (**D**) 射手大道入口斜坡道的問題是什麼？

(A) 一輛拋錨的車輛在右車道。
(B) 一場不相關的小車禍。
(C) 一台翻覆的貨車。
(D) 兩車相撞。

* stalled〔 stɔld 〕*adj.* 拋錨的；熄火的
vehicle〔'viɪkḷ 〕*n.* 運載工具；車輛

82. (**B**) 爲什麼在普蘭菲爾德路附近發生輕微追撞？

(A) 東張西望的人沒有注意。
(B) 駕駛人試著避免撞上雞。
(C) 路面因破掉的雞蛋而易滑。
(D) 交通控制信號燈發生故障。

* rubbernecker〔'rʌbɚnekɚ 〕*n.* 東張西望的人
surface〔'sɝfɪs 〕*n.* 表面
slippery〔'slɪpərɪ 〕*adj.* 易滑的
out of order 發生故障

***Questions 83 through 85** refer to the following talk.*

讓我們再檢視一下目前我們的進度。我們將在四月二十日發表我們廣播和電視的廣告宣傳活動，以及吉他手雜誌的半版廣告頁。我們的目標閱聽者是青少年和年輕的成人、中等程度卻雄心勃勃的吉他手以及在中至中上階層收入區間的人士。我們已一致同意在我們波特蘭和夏洛特的工廠進行兩萬組的首波生產，而且此產品將會是黑色和金屬飾面。我們的製造成本是每把吉他一百五十美元——零售價爲一千五百美元。我們也已同意試著得到兩位當代最有影響力和受歡迎之吉他手艾迪・范・海倫和吉米・佩吉的推薦廣告。我們的主要銷售管道將是零售音樂商店和我們的網站。

* review〔rɪ'vju〕*v.* 再檢查；複審　***so far*** 到目前爲止
launch〔lɔntʃ〕*v.* 發出；開展
advertising〔'ædvɚˌtaɪzɪŋ〕*n.* 廣告
campaign〔kæm'pen〕*n.* 活動
commercial〔kə'mɝʃəl〕*n.*（電視、廣播中的）商業廣告
ad〔æd〕*n.* 廣告（= *advertisement*）　target〔'tɑrgɪt〕*n.* 目標
audience〔'ɔdɪəns〕*n.* 讀者群　teen〔tin〕*n.* 青少年
adult〔ə'dʌlt〕*n.* 成人　intermediate〔ˌɪntɚ'midɪət〕*adj.* 中級的
ambitious〔æm'bɪʃəs〕*adj.* 有雄心的；野心勃勃的
guitarist〔gɪ'tɑrɪst〕*n.* 吉他手　income〔'ɪnˌkʌm〕*n.* 收入；所得
bracket〔'brækɪt〕*n.* 階層；等級段　***agree on*** 就…取得一致意見
initial〔ɪ'nɪʃəl〕*adj.* 開始的；最初的
production〔prə'dʌkʃən〕*n.*（研究）成果；產物
unit〔'junɪt〕*n.*（設備等的）一組；裝置
Portland〔'portlənd〕*n.* 波特蘭市【位於美國奧勒岡州】
Charlotte〔'ʃɑrlət〕*n.* 夏洛特市【位於美國北卡羅來納州】
metallic〔mə'tælɪk〕*adj.* 金屬的；含（或產）金屬的
finish〔'fɪnɪʃ〕*n.*（傢具等）拋光；漆
manufacturing〔ˌmænjə'fæktʃərɪŋ〕*adj.* 製造的
cost〔kɔst〕*n.* 費用；成本　retail〔'ritel〕*v.* 零售　*adj.* 零售的
testimonial〔ˌtɛstə'monɪəl〕*n.*（人、品質等的）證明書；推薦書
Eddie Van Halen 艾迪・范・海倫【被稱爲「吉他英雄」的荷蘭裔美國吉他手也同時被譽爲「80年代搖滾吉他之神」】

Jimmy Page 吉米·佩吉【在搖滾史上是以彈奏雙柄電吉他所著名】
influential〔,ɪnflʊ'ɛnʃəl〕*adj.* 有影響的；有權勢的
of the day 當代的；當時的　distribution〔,dɪstrə'bjuʃən〕*n.* 銷售
channel〔'tʃænl̩〕*n.* 途徑；管道

83. (**A**) 這段談話是在哪裡發生的？

(A) 在一場公司會議。　(B) 在一場畢業典禮。
(C) 在一家工廠。　(D) 在一間音樂商店。

* ***take place*** 發生
corporate〔'kɔrpərɪt〕*adj.* 公司的；團體的
graduation〔,grædʒʊ'eʃən〕*n.* 畢業
ceremony〔'sɛrə,monɪ〕*n.* 儀式；典禮

84. (**D**) 此談話的主要目的是什麼？

(A) 解釋。　(B) 激發。
(C) 道歉。　(D) 概述。

* motivate〔'motə,vet〕*v.* 激發；給…動機
summarize〔'sʌmə,raɪz〕*v.* 概述；總結

85. (**B**) 此公司的目標閱聽衆是？

(A) 進階的吉他手。　(B) 中等程度的吉他手。
(C) 低收入的吉他手。　(D) 專業吉他手。

* advanced〔əd'væmst〕*adj.* 高級的；高等的

***Questions 86 through 88** refer to the following announcement.*

各位女士先生們，我能請你們注意嗎？我們很抱歉地通知您，小岩城的大風延遲了幾個航班。達美航空飛往奧克拉荷馬市的 320 航班，原定於 10:30 從 C-7 登機門起飛，現於 11:45 從 C-4 登機門起飛。美國航空飛往第蒙市的 726 航班，原定於 11:30 從 D-7 登機門起飛，現於 2:30 起飛。更具體的資訊以及對個別航班的更新，請查看位於每個航廈大廳的入境及出境看板。對於轉機的旅客，請你們到各自航空公司的客戶服務台尋求幫助。對此造成的不便，我們表示歉意。

* attention (əˈtɛnʃən) *n.* 注意　regret (rɪˈgrɛt) *v.* 為…抱歉 < *to* >
high wind 大風；疾風　***Little Rock*** 小岩城【美國阿肯色州首府】
delay (dɪˈle) *v. n.* 延遲　flight (flaɪt) *n.* (飛機的)班次
Delta Airlines 達美航空【美國目前國內客運總里程與客運機隊規模最大的航空公司】
airlines (ˈɛr,laɪn) *n. pl.* 航空公司
Oklahoma (,okləˈhomə) *n.* 奧克拉荷馬市【位於美國奧克拉荷馬州】
schedule (ˈskɛdʒul) *v.* 預定 < *to* >
departure (dɪˈpɑrtʃɚ) *n.* 離開；起程
Des Moines (,diˈmɔɪn) *n.* 第蒙市【美國愛荷華州首府】
depart (dɪˈpɑrt) *v.* 出發；離開
concourse (ˈkɑnkors) *n.* (車站、機場)中央大廳
terminal (ˈtɝmənl̩) *n.* 航廈；航空站
specific (spɪˈsɪfɪk) *adj.* 明確的；具體的
individual (,ɪndəˈvɪdʒuəl) *adj.* 個別的；單獨的
connecting (kəˈnektɪŋ) *adj.* 聯運的
respective (rɪˈspɛktɪv) *adj.* 分別的；各自的
assistance (əˈsɪstəns) *n.* 援助；幫助
inconvenience (,ɪnkənˈvinjəns) *n.* 不便；麻煩

86. (**D**) 這則通知的可能聽衆是？

(A) 巴士技師。　(B) 計程車司機。
(C) 汽車銷售員。　(D) 航空公司旅客。

* announcement (əˈnaʊnsmənt) *n.* 通知
mechanic (məˈkænɪk) *n.* 機械工；技工

87. (**B**) 是什麼造成延遲？

(A) 雪。　(B) 大風。
(C) 大雷雨。　(D) 機械問題。

* thunderstorm (ˈθʌndɚ,stɔrm) *n.* 大雷雨
mechanical (məˈkænɪk) *adj.* 機械的；技巧上的
issue (ˈkæbɪn) *n.* 問題；爭論

88. (**C**) 轉機的乘客該做什麼？

(A) 簽請願書。 (B) 耐心地等待。
(C) 去顧客服務台。 (D) 登機。

* petition〔pə'tɪʃən〕*n.* 請願；請願書
board〔bord〕*v.* 上（船、車、飛機等）

***Questions 89 through 91** refer to the following advertisement.*

你爲醫療保險付出太多錢？今天就打給梅寇查清楚。一通十五分鐘的電話可能會爲你和你的家人省下一年數百元的保險費。有特色商品例如像是健康生活方式的折扣、一般配套和緊急醫療照護的保險項目以及豐富的處方保險單，你一定會找到滿足你需求並且省錢的方案。去年梅寇的新客戶每月平均省下 330。但這還不是全部。在梅寇，我們經驗豐富又友善的業務代表能夠全年無休回答你的問題以及快速有效地解決理賠。因爲我們在全國有 1,000 多家辦事處，總是在你的附近。你難道不應該打電話給梅寇比較一下嗎？今天就打：800MYMEDCO。就是 800-696-3320。

* insurance〔ɪn'ʃurəns〕*n.* 保險；保險契約 ***find out*** 查明
feature〔fitʃɚ〕*n.* 特色商品 healthy〔'hɛlθɪ〕*adj.* 健康的
lifestyle〔'laɪf,staɪl〕*n.* 生活方式 discount〔'dɪskaunt〕*n.* 折扣
bundled〔'bʌndḷd〕*adj.* 包裝的 general〔'dʒɛnərəl〕*adj.* 一般的
emergency〔ɪ'mɝdʒənsɪ〕*n.* 緊急情況；非常時刻
coverage〔'kʌvərɪdʒ〕*n.* 保險項目（或範圍）
generous〔'dʒɛnərəs〕*adj.* 大量的；豐富的
prescription〔prɪ'skrɪpʃən〕*n.* 處方；藥方；處方上開的藥
policy〔'pɑləsɪ〕*n.* 保險單；保險 ***be bound to*** 必定
protection〔prə'tɛkʃən〕*n.* 保護；防護
meet** one's **need 滿足某人的需要 average〔'ævərɪdʒ〕*n.* 平均
experienced〔ɪk'spɪrɪənst〕*adj.* 有經驗的；老練的
friendly〔'frɛndlɪ〕*adj.* 友好的；親切的
representative〔rɛprɪ'zɛntətɪv〕*n.* 代表；代理人
available〔ə'veləbḷ〕*adj.* 有空的；可與之聯繫的 ***24-7*** 全年無休
settle〔'sɛtḷ〕*v.* 解決（問題等）；結束（爭端，糾紛等）

claim〔klem〕*n.* 理賠；(對保險公司的)索賠
efficiently〔ɪ'fɪʃəntlɪ〕*adv.* 效率高地
nationwide〔'neʃən,waɪd〕*adv.* 在全國
nearby〔,nɪr'baɪ〕*adj.* 附近的　owe〔o〕*v.* 應給予；應該做
compare〔kəm'pɛr〕*v.* 比較；對照

89. (**D**) 打廣告的是什麼類型的保險？
(A) 汽車。　(B) 房屋。
(C) 生命。　(D) 健康。

90. (**B**) 說話者敦促聽者做什麼？
(A) 保持健康。　(B) 打電話。
(C) 換醫生。　(D) 去急診室。
* urge〔ɝdʒ〕*v.* 催促；力勸　switch〔swɪtʃ〕*v.* 轉換；更改
emergency room　(醫院的)急診室

91. (**C**) 梅寇有多少間辦公室？
(A) 24-7。　(B) 330。
(C) 超過 1,000。　(D) 800-696-3320。

***Questions 92 through 94** are based on the following advertisement.*

氣象學者藍迪・賽維齊現在在 WLS 氣象中心。各位，如果你今天沒必要到戶外去，就不要到戶外去。正如你可以從衛星回傳影片中看到，一陣從加拿大壓低而來的北極空氣之巨大氣流帶給該地區寒冷的氣溫。今日預測高溫爲－17度而明日爲－25度——這個節骨眼我甚至不打算講風寒指數了——但是，嗯，預計這冰冷天氣將持續整個週末。觀察爲期五天的預報，這個高壓系統將繼續產生零度以下的氣溫和危險的風寒指數。看一下這風速圖。有些地區將經歷每小時高達 30 英里的陣風，所以氣溫甚至降到更低。我們不打算在本週末打破任何記錄，但必須勇敢對抗惡劣天氣的人將會非常不舒服。

* meteorologist〔,mitɪə'rɑlədʒɪst〕*n.* 氣象學者

folk〔fok〕*n.* 各位；人們　satellite〔'sætḷ,aɪt〕*n.* 人造衛星
feed〔fid〕*n.* 資訊提供；摘要
massive〔'mæsɪv〕*adj.* 巨大的；大規模的
blast〔blæst〕*n.* 氣流　arctic〔'ɑrktɪk〕*adj.* 北極的
push down 降低　frigid〔'frɪgɪd〕*adj.* 寒冷的；嚴寒的
temp〔tɛmp〕*n.* 溫度；氣溫（= *temperature*）
region〔'ridʒən〕*n.* 地區；地帶
forecast〔'for,kæst〕*v. n.* 預測；預報　***wind chill*** 風寒指數
icy〔'aɪsɪ〕*adj.* 冰冷的　expected〔ɪk'spɛktɪd〕*adj.* 期待中的
throughout〔θru'aʊt〕*adv.* 貫穿；從頭到尾　***look at*** 看；觀察
pressure〔'prɛʃɚ〕*n.* 大氣壓力　system〔'sɪstəm〕*n.* 體系；系統
generate〔'dʒɛnə,ret〕*v.* 產生　***sub-zero*** 溫度在零度以下的
take a look at 看一看　gust〔gʌst〕*n.* 一陣強風（或狂風）
be going to 即將；將要　***break a record*** 打破記錄
uncomfortable〔ʌn'kʌmfɚtəbḷ〕*adj.* 不舒服的；不安的
brave〔brev〕*v.* 勇敢地面對；敢於冒犯
elements〔'ɛləməntz〕*n. pl.* 自然力；惡劣天氣

92.（**A**）這則報導是在哪裡發生的？

(A) <u>電視上。</u>　(B) 廣播中。
(C) 一場商務會議中。　(D) 在機場。

93.（**C**）說話者建議觀眾做什麼？

(A) 呼吸些新鮮空氣。　(B) 帶支雨傘。
(C) <u>留在室內。</u>　(D) 擦防曬。

* advise〔əd'vaɪz〕*v.* 建議　***fresh air***（室外的）新鮮空氣
carry〔'kærɪ〕*v.* 攜帶；佩帶
indoors〔'ɪn,dorz〕*adv.* 在室內
sunscreen〔'sʌn,skrin〕*n.* 防曬乳

94.（**C**）接下來的五天會發生什麼？

(A) 將會越來越暖和。　(B) 雨會停止。
(C) <u>依然將會寒冷及有風。</u>　(D) 記錄將會被打破。

Questions 95 through 97 *refer to the excerpt from an introduction.*

我很高興介紹我們新的男籃教練，羅伯・佩里洛。我們面試了六名候選人，而因爲羅伯的經驗、熱情和致力於贏球，所以我們選擇了他。這傢伙懂籃球；肯塔基大學的前全美最佳大學球員，他也來自於一個籃球世家。他的父親傑瑞長久以來是位高中籃球教練，而他的母親露易絲曾執教青少年籃球超過 20 年。他的兄弟連尼和愛力克斯也在高中和大學校園裡打籃球。在底特律活塞隊短暫的職業生涯之後，羅伯回到了肯塔基，在尼克・德爾菲諾底下擔任助理教練兩年，然後再往上升職作爲德州理工的助教四年。在伊利諾州時，他得到他第一份主教練的工作，在他搬到堪薩斯州之前他帶領球隊打進分區 1-A 全國冠軍賽，振興了籃球活動，達成 64 勝-18 敗的戰績，贏得兩項的 12 大頭銜，並且連續兩年打入 NCAA 冠軍賽。所以，現在在這裡回答你問題的是羅伯・佩里洛。

* pleasure〔ˈplɛʒɚ〕*n.* 高興；愉快　　coach〔kotʃ〕*n. v.* 教練
interview〔ˈɪntɚˌvju〕*v.* 面試　　candidate〔ˈkændəˌdet〕*n.* 候選人
enthusiasm〔ɪnˈθjuzɪˌæzəm〕*n.* 熱情；熱忱
dedication〔ˌdɛdəˈkeʃən〕*n.* 專心致力；獻身 <*to*>
former〔ˈfɔrmɚ〕*adj.* 前任的　　college〔ˈkɑlɪdʒ〕*n.* 大學；學院
Kentucky 肯塔基州【位於美國東部】　　youth〔juθ〕*n.*（男）青年
hoop〔hup〕*n.*（籃球）籃圈　　brief〔brif〕*adj.* 簡短的；短暫的
pro〔pro〕*adj.* 專業的　　career〔kəˈrɪr〕*n.* 職業
Detroit 底特律【美國城市名】　　piston〔ˈpɪstn̩〕*n.* 活塞
assistant〔əˈsɪstənt〕*n.* 助理；助教　　***move up*** 提升
head〔hɛd〕*adj.* 領頭的　　***Illinois*** 伊利諾州【位於美國東部】
lead to 通向某目的地；帶到某處　　division〔dəˈvɪʒən〕*n.* 區域
national〔ˈnæʃənl̩〕*adj.* 全國性的
championship〔ˈtʃæmpɪənˌʃɪp〕*n.* 冠軍賽；錦標賽
Kansas 堪薩斯州【位於美國中部】
revive〔rɪˈvaɪv〕*v.* 復甦；復興
NCAA 美國大學籃球聯盟【National Collegiate Athletic Association】
tournament〔ˈtɝnəmənt〕*n.* 錦標賽；聯賽　　***in a row*** 連續不斷地

95. (**A**) 此介紹在哪裡發生？

(A) 在一場記者發表會。　(B) 在一場公司野餐。
(C) 在一場籃球比賽。　(D) 在一場商務會議。

* press〔 prɛs 〕*n.* 新聞界；記者們
conference〔ˈkɑnfərəns〕*n.* 會議；討論會
picnic〔ˈpɪknɪk〕*n.*（自帶食物的）野餐；聚餐

96. (**A**) 羅伯・佩里洛是在哪裡讀大學的？

(A) 肯塔基。　(B) 堪薩斯。
(C) 伊利諾州。　(D) 德州理工。

97. (**D**) 有短暫職業籃球員生涯的人是？

(A) 連尼。　(B) 艾力克斯。
(C) 傑瑞。　(D) 羅伯。

***Questions 98 through 100** refer to the following talk.*

美國在台協會（AIT）與中華民國經濟部合作，正在籌備 11 月 13 日週二上午 9 時至下午 5 時在台北國際會議中心（TICC）的卓越美國會議。此會議將聚焦在美國的投資機會。演講者將包括 AIT 的會長的克里斯托夫・傑・馬入、經濟部副部長佛朗西斯・梁和卓越美國的執行長兼美國商務部的資深顧問史蒂夫・奧爾森。

本次會議將包括上午在金融方面、法律專題和美國投資相關簽證的簡報。下午則提供聚焦於綠色能源技術、資訊通訊技術以及高階製造業的企業突破會議。

* institute〔ˈɪnstətjut〕*n.* 協會
cooperation〔koˌɑpəˈreʃən〕*n.* 合作
ministry〔ˈmɪnɪstrɪ〕*n.*（政府的）部
economic〔ˌɪkəˈnɑmɪk〕*adj.* 經濟上的　affairs〔əˈfɛrs〕*n.pl.* 事務
organize〔ˈɔrgəˌnaɪz〕*v.* 組織；安排　select〔səˈlɛkt〕*adj.* 卓越的
focus on 集中（於焦點）　investment〔ɪnˈvɛstmənt〕*n.* 投資
opportunity〔ˌɑpɚˈtjunətɪ〕*n.* 機會；良機

director〔dəˈrɛktɚ〕*n.* 局長；處長；主任
deputy〔ˈdɛpjətɪ〕*n.* 代表；代理人　minister〔ˈmɪnɪstɚ〕*n.* 部長
MOEA 中華民國經濟部【Ministry of Economic Affairs】
executive〔ɪgˈzɛkjutɪv〕*adj.* 行政上的；行政部門的
advisor〔ədˈvaɪzɚ〕*n.* 顧問　commerce〔ˈkɑmɝs〕*n.* 商業；貿易
financial〔faɪˈnænʃəl〕*adj.* 財政的；金融的
aspect〔ˈæspɛkt〕*n.* 方面；觀點　legal〔ˈligḷ〕*adj.* 法律上的
visa〔ˈvizə〕*n.* 簽證　invest〔ɪnˈvɛst〕*v.* 投（資）< *in* >
industry〔ˈɪndəstrɪ〕*n.* 企業
breakout〔ˈbrekˌaut〕*n.*（包圍）突破　session〔ˈsɛʃən〕*n.* 時間
advanced〔ədˈvænst〕*adj.* 高階的　offer〔ˈɔfɚ〕*v.* 提供；出示

98.（**B**）什麼事情被宣布？

(A) 一項國際貿易協定。
(B) 一場在台北的經濟會議。
(C) 一頓歡迎一位美國官員的晚餐。
(D) 一場企業家的自我成長研討會。

* announce〔əˈnauns〕*v.* 宣布；發布
international〔ˌɪntɚˈnæʃənḷ〕*adj.* 國際性的；國際間的
trade〔tred〕*n.* 貿易；商業
agreement〔əˈgrimənt〕*n.* 協定；協議
economics〔ˌikəˈnɑmɪks〕*n.* 經濟
official〔əˈfɪʃəl〕*n.* 官員；公務員
seminar〔ˈsɛməˌnɑr〕*n.* 研討會
entrepreneur〔ˌɑntrəprəˈnɝ〕*n.* 企業家；事業創辦者

99.（**C**）佛朗西斯・梁是？

(A) 美國在台協會會長。　(B) 美國商務部。
(C) 經濟部副部長。　(D) 卓越美國的主席。

100.（**D**）早上不會討論什麼？

(A) 簽證。　(B) 在美國投資。
(C) 法律專題。　(D) 資訊科技。

PART 5 詳解

101. (**C**) 警員跪下以仔細搜查。

依文法，***to*** 表目的，***(in order) to*** + ***V***. 的功能爲副詞來修飾前面的 ***kneel down***，故選 (C) ***to rummage***。

* rummage〔ˈrʌmɪdʒ〕*v.* 仔細搜查；在…裡翻找
kneel〔nil〕*v.* 跪（下）<*down*>
【三態變化：kneel-knelt-kneeled】

102. (**D**) 收到電子郵件比發送它們有樂趣。

依文法，***than*** 連接兩個以虛主詞爲首的句子，故選 (C) ***it is***。

103. (**C**) 單單道德規則無法維持秩序，因爲它們不明確。

(A) theoretical〔ˌθiəˈrɛtɪkl̩〕*adj.* 假設的；推理的
(B) temporary〔ˈtɛmpəˌrɛrɪ〕*adj.* 臨時的；暫時的
(C) ***precise***〔prɪˈsaɪs〕*adj.* 明確的；清晰的
(D) delicious〔dɪˈlɪʃəs〕*adj.* 美味的

* moral〔ˈmɔrəl̩〕*adj.* 道德（上）的
alone〔əˈlon〕*adj.* 單單；僅

104. (**B**) 你將直接向經理報告，你會負責管理工程師和設計師的工作。

依句意，修飾動詞 ***report*** 應選副詞，故選 (C) ***directly***。

* report〔rɪˈport〕*v.* 報告
responsible〔rɪˈspɑnsəbl̩〕*adj.* 承擔責任的 <*for*>
supervise〔ˈsupɚvaɪz〕*v.* 監督；管理

105. (**D**) 恐怕我還不能在你的工作表現上發表評論。

依句意，應選可和動詞 ***comment*** 搭配使用的介係詞，故選 (D) ***on***。

* performance〔pɚˈfɔrməns〕*v.* 成績；成果

106. (**B**) 對高價豪華車的需求已有如此多波動，以致於一些公司正引進各種價位的車款選擇。

(A) conversion〔kənˈvɝʃən〕*n.* 改變；轉變

(B) ***fluctuation*** [ˌflʌktʃuˈeʃən] *n.* 波動；動搖
(C) innovation [ˌɪnəˈveʃən] *n.* 革新；創新
(D) consideration [kənsɪdəˈreʃən] *n.* 考慮

* demand [dɪˈmænd] *n.* 需要；需求
luxury [ˈlʌkʃərɪ] *adj.* 奢侈的；奢華的
introduce [ˌɪntrəˈdjus] *v.* 引進；傳入
a wide range of 各種的；範圍廣泛的
option [ˈɑpʃən] *n.* 選擇

107. (**A**) 新總部討人喜歡的方面之一是它接近市區。

(A) ***pleasing*** [ˈplizɪŋ] *adj.* 討人喜歡的；使人滿意的
(B) pleased [plizd] *adj.* 感到高興的
(C) pleases [plizs] *v.* 使高興；使喜歡
【please 第三人稱單數】
(D) please [pliz] *v.* 使高興；使喜歡

* aspect [ˈæspɛkt] *n.* 方面；觀點
headquarter [ˈhɛdˈkwɔrtɚ] *n.* 總部
closeness [ˈklosnɪs] *n.* 接近
downtown [ˌdaunˈtaun] *n.* 城市商業區；鬧區

108. (**C**) 隨著將近 90%的選票計票完成，強森女士得到的票是 62%比上執政中間偏右聯合政府的前部長詹姆斯・羅倫的 38%。

依句意，應選 (C) ***with***「隨著」。

* vote [vot] *n.* 選票　　minister [ˈmɪnɪstɚ] *n.* 部長；大臣
coalition [ˌkoəˈlɪʃən] *n.* 結合；聯合

109. (**C**) 醫生說規律的運動對你的健康是有益的。

(A) health [hɛlθ] *n.* 健康
(B) harmful [ˈhɑrmfəl] *adj.* 有害的
(C) ***beneficial*** [ˌbɛnəˈfɪʃəl] *adj.* 有益的；有利的
(D) risky [ˈrɪskɪ] *adj.* 危險的；冒險的

110. (**A**) 要列出所有他的特質是很難的，因為他有那麼多不同的天賦和能力。

(A) ***attribute*** [ˈætrəˌbjut] *n.* 特質；特性

(B) benefit〔ˈbɛnəfɪt〕*n.* 利益；好處
(C) sequence〔ˈsikwəns〕*n.* 連續；接續
(D) transaction〔trænˈzækʃən〕*n.* 辦理；處置
* list〔lɪst〕*v.* 列舉

111. (**B**) 他和他的對手在比賽開始前握手。
(A) wallet〔ˈwɑlɪt〕*n.* 錢包
(B) ***rival***〔ˈraɪvl̩〕*n.* 對手；敵手
(C) shop owner 商店老闆
(D) warfare〔ˈwɔrˌfɛr〕*n.* 戰爭；交戰狀態

112. (**C**) 製造業的方法目前是過時的。
(A) luxurious〔lʌgˈʒʊrɪəs〕*adj.* 奢侈的
(B) fragile〔ˈfrædʒəl〕*adj.* 易碎的；易損壞的
(C) ***obsolete***〔ˈɑbsəˌlit〕*adj.* 過時的；淘汰的
(D) booming〔ˈbumɪŋ〕*adj.* 興旺發達的；景氣好的

113. (**D**) 當在工作時，員工應隨時穿著鋼靴。
依句意，選 (D) ***at all time***「隨時；永遠」。

114. (**A**) 主管是否已主導過許多討論或是新手指揮討論，我們相信這指南將有助於他。
依句意，應選可表達從過去某時到現在經驗的時態，故選 (C) ***has led***「已主導過」。
* supervisor〔ˌsupəˈvaɪə〕*n.* 管理人；指導者
lead〔lid〕*v.* 引導；領導；指揮【三態變化：lead-led-led】
guide〔gaɪd〕*n.* 入門書；簡介；指南

115. (**D**) 這間公寓的優點是它非常接近孩子的學校。
(A) benefit〔ˈbɛnəfɪt〕*n.* 利益；好處
(B) poverty〔ˈpɑvətɪ〕*n.* 貧窮
(C) diagnosis〔ˌdaɪəgˈnosɪs〕*n.* 診斷；診斷結果
(D) ***advantage***〔ədˈvæntɪdʒ〕*n.* 優點；有利條件
* apartment〔əˈpɑrtmənt〕*n.* 公寓

116. (**C**) 我很感激能夠安靜地學習。

依文法，***appreciate*** 是及物動詞，所以應選名詞或動名詞作爲 ***appreciate*** 的受詞，故選 (C) ***being***。

* appreciate〔əˈpriʃɪˌet〕*v.* 感謝；感激
in peace 安靜地

117. (**C**) 我喜歡閱讀國王和王后的傳記。

(A) photography〔fəˈtɑgrəfɪ〕*n.* 照相術；攝影
(B) humanity〔hjuˈmænətɪ〕*n.* 人性；人道
(C) ***biography***〔baɪˈɑgrəfɪ〕*n.* 傳記
(D) geography〔dʒɪˈɑgrəfɪ〕*n.* 地理學

118. (**A**) 我還沒完成報告；恐怕我們的會議必須延遲到下週二。

(A) ***delay***〔dɪˈle〕*v.* 延緩；使延期
(B) subscribe〔səbˈskraɪb〕*v.* 訂閱；訂購
(C) transport〔ˈtrænsˌpɔrt〕*v.* 運輸
(D) export〔ɪksˈport〕*v.* 輸出

119. (**B**) 當我提到莉莉的名字，我注意到他面帶微笑。

依文法，***notice*** 是及物動詞，所以應選第三人稱代名詞的受格作爲 ***notice*** 的受詞，且 ***smile*** 應爲動名詞作爲 ***notice*** 的受詞補語，故選 (B) ***him smiling***。

120. (**C**) 別費心於不重要的細節。專注於大綱。

依句意，應選可和動詞 ***bother*** 搭配使用的介係詞，故選 (C) ***with***。

* minor〔ˈmaɪnɚ〕*adj.* 不重要的，次要的　　***focus on*** 集中於
general〔ˈdʒɛnərəl〕*adj.* 大體的；總的
outline〔ˈaʊtˌlaɪn〕*n.* 概要；要點

121. (**D**) 第一個國家公園，是成立於 1841 年的墾丁國家公園。

依句意，括弧內是 ***the first national park*** 的同位語 ***which was founded in 1841***，因主詞與 Be 動詞與主句相同，所以可省略，故選 (D) ***founded in 1841***。

122. (**D**) 在 T&B 的員工被要求提供及時評估的必要條件和其他人力資源主管的相關資訊。

(A) deposit〔 dɪ'pɑzɪt 〕*n.* 放置；寄存
(B) average〔'ævərɪdʒ 〕*n.* 平均；平均數
(C) finance〔 faɪ'næns 〕*n.* 金融
(D) ***estimate***〔'ɛstəmɪt 〕*n.* 判斷；看法

* timely〔'taɪmlɪ 〕*adj.* 及時的
requirement〔 rɪ'kwaɪrmənt 〕*n.* 必要條件；規定
pertinent〔'pɜtnənt 〕*adj.* 有關的；相關的
director〔 də'rɛktə 〕*n.* 主管；主任
human resources 人力資源

123. (**A**) 來自紐西蘭的科學家們已經發現如何幫助作物在寒冷氣候下茂盛生長。

依文法，本句主要動詞 ***help*** 後面所出現之動詞型態爲 ***to V*** 或 ***V***，故選 (A) ***flourish***。

* discover〔 dɪs'kʌvə 〕*v.* 發現　crop〔 krɑp 〕*n.* 作物
flourish〔'flɝɪʃ 〕*v.* 茂盛　climate〔'klaɪmɪt 〕*n.* 氣候

124. (**D**) 新計劃將讓我們的員工創造自己的每週工時報告表。

依句意，***by onself***「某人自己；獨自」，故選 (D) ***themselves***。而 (B) their own 應搭配介係詞 on 才是正確說法。

* timesheet〔'taɪm'ʃit 〕*n.* 時間表

125. (**C**) 她這個星期工作如此辛苦以致於她還沒有時間去超市。

依文法與句意，應選表達過去繼續到現在的現在完成式，故選 (C) ***has worked***。

126. (**A**) 溫室效應是在大氣中一氧化碳的含量過高。

(A) ***atmosphere***〔'ætməs,fɪr 〕*n.* 大氣
(B) weather〔'wɛðə 〕*n.* 天氣
(C) temperature〔'tɛmprətʃə 〕*n.* 溫度；氣溫
(D) vaccination〔,væksn'eʃən 〕*n.* 種痘；接種

* greenhouse〔'grin,haʊs〕*n.* 溫室
greenhouse effect 溫室效應【地球大氣層吸收太陽紅外幅射引起地球表面溫度漸升現象】
excessive〔ɪk'sɛsɪv〕*adj.* 過度的；過分的
carbon monoxide 一氧化碳

127. (**C**) 久病後，他沒有認出在鏡子中自己的倒影。
(A) response〔rɪ'spɑns〕*n.* 回答；答覆
(B) reference〔'rɛfərəns〕*n.* 參考；參考文獻
(C) ***reflection***〔rɪ'flɛkʃən〕*n.* 倒影；反射
(D) reply〔rɪ'plaɪ〕*n.* 回答；答覆
* illness〔'ɪlnɪs〕*n.* 患病（狀態）；身體不適
recognize〔'rɛkəg,naɪz〕*v.* 認出；識別

128. (**C**) 守時是蜜雪兒的長處之一。
依句意，選 (C) ***points***。***strong point*** 長處；優點
(B) taunt〔tɔnt〕*n.* 辱罵；嘲笑
* punctuality〔,pʌŋktʃʊ'ælətɪ〕*n.* 守時

129. (**C**) 我認得他的臉，但我不記得他的名字。
(A) resign〔rɪ'zaɪn〕*v.* 放棄；辭去
(B) request〔rɪ'kwɛst〕*v.* 要求；請求
(C) ***recall***〔rɪ'kɔl〕*v.* 記得；回想
(D) recognize〔'rɛkəg,naɪz〕*v.* 認出；識別

130. (**C**) 大廳被分隔成八間房間，每間房間可容納兩個男孩。
依文法和句意，由逗點後的句子的 ***accommodate*** 動詞形態爲動名詞，可判斷是表附帶狀態的獨立分詞構句，選 (C) ***with***。
* separate〔'sɛpə,ret〕*v.* 分隔；分割
accommodate〔ə'kɑmə,det〕*v.* 能容納

131. (**C**) 我們傳呼中心的最終目標是準時和以客戶爲導向的方式來解決所有客戶的投訴。
依句意，***(in order) to*** + *V.* 表目的，故選 (C) ***to resolve***。

* ***call center*** 傳呼中心　punctual〔ˈpʌŋktʃuəl〕*adj.* 準時的
customer-oriented 以顧客爲導向的
manner〔ˈmænɚ〕*n.* 方式；方法

132. (**C**) 所有這些白日夢只是暫時的；它們逐一消失。

(A) contemptuous〔kənˈtɛmptʃuəs〕*adj.* 輕蔑的；瞧不起的
(B) contemplate〔ˈkɑntɛm,plet〕*v.* 思量；仔細考慮
(C) ***temporary***〔ˈtɛmpə,rɛrɛɪ〕*adj.* 暫時的；臨時的
(D) contemporary〔kənˈtɛmpə,rɛrɪ〕*adj.* 當代的

* disappear〔,dɪsəˈpɪr〕*v.* 消失；不見
one by one 逐一；一個一個地

133. (**D**) 爲慶祝我們第一年固定的供應業務，我們想要提供特殊的紅利折扣給我們最忠實的客戶。

依句意，應選可和動詞 ***offer*** 搭配使用的介係詞，故選 (D) ***to***。

* stationary〔ˈsteʃən,ɛrɪ〕*adj.* 固定的；不增減的
supply〔səˈplaɪ〕*n.* 供應　offer〔ˈɔfɚ〕*v.* 給予；提供
bonus〔ˈbonəs〕*n.* 紅利；額外的好處
discount〔ˈdɪskaʊnt〕*n.* 折扣　loyal〔ˈlɔɪəl〕*adj.* 忠實的

134. (**C**) 商店員工被提醒要友好和有禮貌，尤其是對第一次來的客人。

(A) friend〔frɛnd〕*n.* 朋友；友人
(B) friends〔frɛndz〕*n.* 朋友；友人【單數是 friend】
(C) ***friendly***〔ˈfrɛndlɪ〕*adj.* 友好的；親切的
(D) friendship〔ˈfrɛndʃɪp〕*n.* 友誼

* remind〔rɪˈmaɪd〕*v.* 提醒；使想起
courteous〔ˈkɝtɪəs〕*adj.* 有禮貌的

135. (**C**) 對於大多數在北美的孩子，學校在六月開始放假。課程於八月下旬或九月重新開始。

(A) refine〔rɪˈfaɪn〕*v.* 提煉；精製
(B) reopen〔riˈopən〕*v.* 再開；重開
(C) ***resume***〔rɪˈzjum〕*v.* 重新開始；繼續
(D) refund〔ˈri,fʌnd〕*n.* 退還；償還

136. (**C**) 在奧運比賽，當紀錄被超越時總是興奮。

(A) authorize〔'ɔθə,raɪz〕*v.* 批准；認可
(B) regulate〔'rɛgjə,let〕*v.* 管理；控制
(C) ***surpass***〔sɚ'pæs〕*v.* 超越；勝過
(D) announce〔ə'naʊns〕*v.* 宣布；發布

* excitement〔ɪk'saɪtmənt〕*n.* 興奮；刺激
Olympic Games 奧林匹克運動會；世運會

137. (**B**) 要抓緊時間轉機的旅客建議拿出他們的護照並準備接受檢查。

依句意，選 (B) ***have***「拿；取得」。

* ***get on*** 抓緊時間；繼續向前　***connecting flight*** 轉接班機
inspection〔ɪn'spɛkʃən〕*n.* 檢查；審視

138. (**B**) 雖然本週的銷售量相對地高，但是琳達玩具的股價持續下降。

(A) height〔haɪt〕*n.* 高度；海拔
(B) ***high***〔haɪ〕*adj.*（價值、評價等）高的；昂貴的
(C) highly〔'haɪlɪ〕*adv.* 非常；很
(D) heighten〔'haɪtn̩〕*v.* 加高；增高

* relatively〔'rɛlətɪvlɪ〕*adv.* 相對地；比較而言
stock〔stɑk〕*n.*（公司的）股票

139. (**A**) 客戶可購買套裝服務，將保固的時間延長多額外三年。

依文法，助動詞 ***will*** 後面所接動詞須爲原形動詞，故選 (A) ***extend***〔ɪk'stɛnd〕*v.* 延長；擴大。

* package〔'pækɪdʒ〕*n.* 套裝；（有關聯的）一組事物
warranty〔'wɔrəntɪ〕*n.* 保證書；保單
additional〔ə'dɪʃənl̩〕*adj.* 額外的；附加的

140. (**D**) 到李小姐爲此工作被聘請時，她已搬去香港。

依句意及文法，空格內的動詞形態是在 ***Ms. Lee was hired***（過去簡單式）發生之前所完成動作（用過去完成式），故選 (D) ***had moved***。

* ***by the time*** 到…的時候

PART 6 詳解

根據以下文章，回答第 141 至 143 題。

加爾維斯頓 (1 月 4 日) —加爾維斯頓雜誌的評論家藍道爾・阿普頓將於 1 月 13 日晚上 7:00 在讀者綠洲書店訪問溫斯頓・房德。
141

reviewer (rɪˈvjuɚ) *n.* 評論家　　oasis (oˈesɪs) *n.* 綠洲

141. (**D**) (A) recommend (ˌrɛkəˈmɛnd) *v.* 推薦
(B) invite (ɪnˈvaɪt) *v.* 邀請
(C) replace (rɪˈples) *v.* 把…放回 (原處)
(D) ***interview*** (ˈɪntɚˌvju) *v.* 訪問；採訪

房德先生是因多篇旅遊散文的獲獎作家。他的作品集已被世界旅遊雜誌的編輯認爲是一項了不起的成就。
142

award-winning (əˈwɔrdˌwɪnɪŋ) *adj.* 獲獎的；應獲獎的
a number of 許多　　essay (ˈɛse) *n.* 散文
body of work 作品集
remarkable (rɪˈmɑrkəbl̩) *adj.* 了不起的；非凡的
editor (ˈɛdɪtɚ) *n.* 編輯

142. (**D**) (A) achiever (əˈtʃivɚ) *n.* 獲得成功的人
(B) achieved (əˈtʃivd) *adj.* 已實現的
(C) achievable (əˈtʃivəbl̩) *adj.* 可完成的
(D) ***achievement*** (əˈtʃivmənt) *n.* 成就；成績

在討論之後，他也將幫出席的人簽名。
143

請參訪 www.readeroasis.com 或致電 405-222-1523 了解更多。

autograph (ˈɔtəˌgræf) *n.* (尤指名人的) 親筆簽名
in attendance 出席

143. (**C**) 依句意及文法，應選可修飾動詞 sign 的副詞 also「也」，故選 (C) ***also***。

根據下面這封信，回答第 144 至 146 題。

寄件人：戈登・洛夫頓—史密斯
收件人：長期員工
副本：湯姆・薩瓦拉斯
日期：4 月 3 日
主旨：禮物清單

恭喜！我要感謝你們對洛夫頓硬體供應始終如一的支持。長期員工大大地促進(144)了公司的成功。

congratulations (kən,grætʃə'leʃənz) *n. pl.* 恭喜
long-term ('lɔŋ,tɝm) *adj.* 長期的
consistent (kən'sɪstənt) *adj.* 始終如一的
commitment (fek) *n.* 支持；獻身

144. (**B**) 依句意，動詞應選現在簡單式第三人稱複數，故選 (B) ***contribute*** (kən'trɪbjut) *v.* 貢獻；出力 < *to* >。

事實上(145)，因爲你們承諾的展現，本公司被認定爲是最適合工作的公司之一。

demonstration (,dɛmən'streʃən) *n.* 展示；實物示範

145. (**C**) (A) on the contrary 恰恰相反；不是…而是…
(B) conversely (kən'vɝslɪ) *adv.* 相反地
(C) ***in fact*** 事實上；實際上
(D) however (haʊ'ɛvɚ) *adv.* 然而；可是

因此，董事們想獎勵你們以表感謝。請從所附清單中選出一個品項，這週末前通知(146)薩瓦拉斯先生。

board〔bord〕*n.* 董事會　　executive〔ɪgˈzɛkjutɪv〕*n.* 執行者
award〔əˈwɔrd〕*v.* 獎勵　　appreciation〔ə,ˈzɛkjutɪv〕*n.* 感謝

146. (**B**) (A) announce〔əˈnaʊns〕*v.* 宣布
(B) ***notify***〔ˈnotə,faɪ〕*v.* 通知
(C) recommend〔,rɛkəˈmɛnd〕*v.* 推薦
(D) subscribe〔səbˈskraɪb〕*v.* 訂閱

再次感謝各位的辛勤工作和決心。

眞誠的，
戈登・洛夫頓—史密斯
副總經理

determination〔dɪˈtɝməˈneʃən〕*n.* 決心；堅定

根據下面的文章，回答第 147 至 149 題。

職位名稱：景觀技術人員

這個職位描述中列出了景觀技術人員的主要職責。請注意，基於校園營運的處理，額外的責任(147)會斟酌分派。

landscape〔ˈlænd,skep〕*n.* 景觀　*v.* 從事景觀美化（或園藝）工作
technician〔tɛkˈnɪʃən〕*n.* 技術人員
primary〔ˈpraɪ,mɛrɪ〕*adj.* 主要的
additional〔əˈdɪʃənḷ〕*adj.* 額外的　　duty〔ˈdjutɪ〕*n.* 責任；義務
assign〔əˈsaɪn〕*v.* 分配；分派
discretion〔dɪˈskrɛʃən〕*n.* 處理權；斟酌（或行動）的自由
operation〔,ɑpəˈreʃən〕*n.* 營運；經營

147. (**D**) (A) course〔kors〕*n.* 課程；科目
(B) document〔ˈdɑkjəmənt〕*n.* 公文；文件
(C) tour〔tʊr〕*n.* 巡迴演出
(D) ***duty***〔ˈdjutɪ〕*n.* 責任；義務

此職位的員工預期要：

> 維持綜合大樓四周圍喬木、灌木、花圃的健康和外觀；
　　　　148
> 修剪草坪和耙攏草和樹葉是需要的；
> 清除人行道和停車區域的垃圾；
> 管理兼職和季節性助理。

appearance〔əˈpɪrəns〕*n.* 外觀；外表
shrub〔ʃrʌb〕*n.* 灌木；矮樹　***flower bed*** 花圃
complex〔ˈkɑmplɛks〕*n.* 綜合大樓；綜合建築群
lawn〔lɔn〕*n.* 草坪；草地　rake〔rek〕*v.* 把…耙在一起
debris〔dəˈbri〕*n.* 垃圾

148. (**A**) (A) ***surround***〔səˈraʊnd〕*v.* 圍繞；圈住
(B) display〔dɪˈsple〕*v.* 陳列；展出
(C) trim〔trɪm〕*v.* 修剪；修整
(D) grow〔grow〕*v.* 生長；發育

申請人的必要條件是高中以上學歷，並有三年從事景觀美化或公園管理的經驗，或是等同教育及經驗者。
　　　　149

請週一至週五下午 1 點至 3 點，親臨卡特學院維修大樓 12 室。

requirement〔rɪˈkwaɪrmənt〕*n.* 必要條件；要求；規定
combination〔ˈkɑmbəˈneʃən〕*n.* 結合（體）；聯合（體）
in person 親自；本人

149. (**B**) (A) equivalently〔ɪˈkwɪvələntlɪ〕無此字
(B) ***equivalent***〔ɪˈkwɪvələnt〕*adj.* 相等的；等值的
(C) equivalence〔ɪˈkwɪvələns〕*n.* 相等；等值
(D) equivalents〔ɪˈkwɪvələntz〕無此字

根據下面的文章，回答第 150 至 152 題。

收件人：格普哈特法律協會的員工

寄件人：史丹・格普哈特
日期：11 月 12 日
主旨：列印和影印

親愛的大家：

我寫這封信是要更新印刷店的操作指南。顯然地，新的規定是
150
現在所有的影印和列印需求必須以電子方式提交。

150. (**B**) (A) initially〔ɪnˈnɪʃəlɪ〕*adv.* 最初；開頭
(B) ***apparently***〔əˈpærəntlɪ〕*adv.* 顯然地
(C) conversely〔kənˈvɝslɪ〕*adv.* 相反地
(D) oppositely〔ˈɑpəzɪtlɪ〕*adv.* 相對地

我知道我們之中的一些人已經使用 www.gephardt-legal.com/printing 線上系統並發現它特別地有效率。你首先需要掃描或上傳要列印的文件。然後完成印刷店申請表格時，一定要包括所有必要的資訊，這樣一來你的需求才可快速、準確地處理。
151

efficient〔ɪˈfɪʃənt〕*adj.* 效率高的　scan〔skæn〕*v.* 掃描
accurately〔ˈækjərɪtlɪ〕*adv.* 準確地；精確地

151. (**A**) 依上下文，本空格應用過去第二人稱所有格，故選 (A)。

關於此程序有任何問題，請直接與我聯繫。
152

真誠地，
斯坦・格普哈特

152. (**C**) (A) problem〔ˈprɑbləm〕*n.* 問題
(B) research〔rɪˈsɝtʃ〕*n.*（學術）研究
(C) ***procedure***〔prəˈsidʒɚ〕*n.* 程序；手續
(D) report〔rɪˈport〕*n.* 報告

PART 7 詳解

根據以下廣告，回答第 153 至 154 題。

2012 年 12 月 30 日

天蠍座的今日星象運勢
由 Horoscope.com 提供

今天是個理清楚你生活的好日子，天蠍座。你最近可能已經明白當你困惑時著手進行任何新事物是無效的。你已經理解要擺脫這種狀態所需的是照顧好自己、吃得更好、睡得更多，或放個假。今天你的頭腦將會充分休息以處理所有出現在你面前的問題。

** horoscope〔'hɔrə,skop〕*n.* 星象（算命）
Scorpio〔'skɔrpɪ,o〕*n.* 天蠍座
clarify〔'klærə,faɪ〕*v.* 使清楚；使清醒
useless〔'juslɪs〕*adj.* 無效的；無益的
undertake〔,ʌndɚ'tek〕*v.* 著手做；進行
confused〔kən'fjuzd〕*adj.* 困惑的　***figure out*** 理解；明白
all it takes 所需要的　***get out of*** 擺脫；棄絕
state〔stet〕*n.* 狀況；狀態
sufficiently〔sə'fɪʃəntlɪ〕*adv.* 充分地
deal with 處理；對待　***come one's way*** 發生於或來到某人處

153. (**D**) 誰會對這篇文章最感興趣？
(A) 出生於十二月的人。　(B) 出生於四月的人。
(C) 出生於十月初的人。　(D) 出生於十一月中旬的人。

154. (**C**) 文章推薦天蠍座的人今天做什麼？
(A) 採取行動。　(B) 做個測驗。
(C) 放個假。　(D) 接受一份新企劃。
* ***take action*** 採取行動　***take on*** 接受

根據以下網頁，回答第 155 至 157 題。

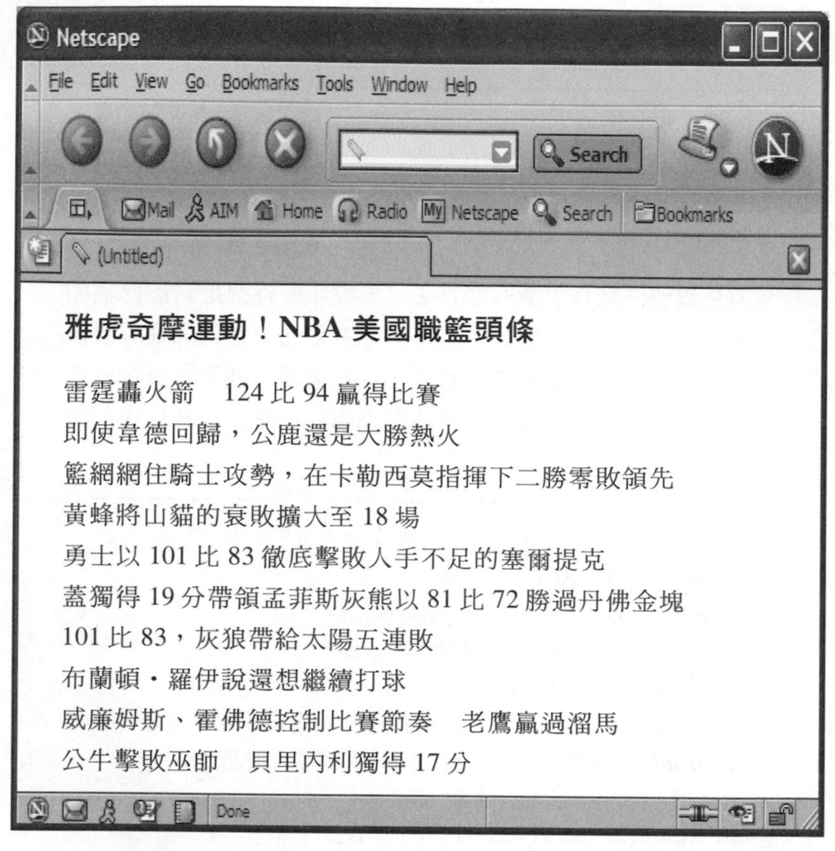

** Thunder〔'θʌndɚ〕*n.* 雷霆隊【NBA 西區西北組奧克拉荷馬市的球隊】
roll〔rol〕*v.* 發出轟隆聲；隆隆作響　　***win over*** 贏得
Rockets〔'rɑkɪtz〕*n.* 火箭隊【NBA 西區西南組休士頓城的球隊】
Wade 韋德【全名 Dwyane Wade，爲時任熱火隊得分後衛】
Bucks〔bʌks〕*n.* 公鹿隊【NBA 東區中央組密爾瓦基市的球隊】
Heat〔hit〕*n.* 熱火隊【NBA 東區東南組邁阿密市的球隊】
Nets〔nɛtz〕*n.* 籃網隊【NBA 東區大西洋組紐約市布魯克林區的球隊】
hold off 抵抗；保持距離
Cavs〔kævs〕*n.* 騎士隊【全名 Cavalier，NBA 東區中央組克里夫蘭城的球隊】

Carlesimo 卡勒西莫【爲時任籃網隊總教練】
Hornets〔ˈhɔrnɪtz〕*n.* 黃蜂隊【NBA 東區東南組夏洛特市的球隊】
Bobcats 山貓隊【山貓隊只存在在 2004-2015 的 NBA 歷史】
extend〔ɪkˈstɛnd〕*v.* 延伸；擴大　　skid〔skɪd〕*n.* 下滑；衰退
Warriors〔ˈwɔrɪɚs〕*n.* 勇士隊【NBA 西區太平洋組奧克蘭市的球隊】
whip〔hwɪp〕*v.*【口】徹底擊敗
shorthanded〔ˈʃɔrtˌhændɪd〕*adj.* 人手不足的
Celtics〔ˈkɛltɪk〕*n.* 塞爾提克隊【NBA 東區大西洋組波士頓市的球隊】
Gay 蓋【全名 Rudy Carlton Gay Jr.，爲時任灰熊隊小前鋒】
score〔skor〕*v.*（體育比賽中）得（分）
Memphis〔ˈmɛmfɪs〕*n.* 孟菲斯市【位於美國田納西州，球隊爲 NBA 西區西南組的灰熊隊】
Denver〔ˈdɛnvɚ〕*n.* 丹佛【位於美國科羅拉多州，球隊西區西北組的金塊隊】
Wolves〔wʊlvz〕*n.* 灰狼隊【NBA 西區西北組明尼蘇達州的球隊】
Suns *n.* 太陽隊【NBA 西區太平洋組亞利桑那州鳳凰城的球隊】
Brandon Roy 布蘭頓・羅伊【爲時任 NBA 職業籃球運動員】
pace〔pes〕*v.* 爲…定步速（或速度）
Indiana〔ˌɪndɪˈænə〕*n.* 印第安納【位於美國印第安納州，球隊爲 NBA 東區中央組的溜馬隊】
Belinelli 貝里內利【全名 Marco Belinelli，爲時任公牛隊小前鋒】
Chicago〔ʃəˈkɑgo〕*n.* 芝加哥【位於美國伊利諾州，球隊爲 NBA 東區中央組的公牛隊】
Wizards〔ˈwɪzɚdz〕*n.* 巫師隊【NBA 東區東南組華盛頓哥倫比亞特區的球隊】

155.（**C**）何者爲眞？

(A) 熱火擊敗公鹿。　　(B) 太陽贏得他們的五連勝。
(C) 山貓又輸了。　　(D) 布蘭頓・羅伊退休。

* retire〔rɪˈtaɪr〕*v.* 退休；退役

156.（**A**）誰在對孟菲斯灰熊時獨得 19 分？

(A) 蓋。　　(B) 卡勒西莫。
(C) 威廉姆斯。　　(D) 貝里內利。

157. (**B**) 哪一隊得到 72 分？

(A) 印第安納溜馬。　　(B) 丹佛金塊。

(C) 芝加哥公牛。　　(D) 休士頓火箭。

根據以下資訊，回答第 158 至 159 題。

男子氣概的特徵早已經被大肆渲染成爲一項異性戀女性尋找潛在伴侶的進化有利條件。但是，新研究暗指體重可能會是更強大的吸引驅動力。

根據免疫能力障礙的假說，男子氣概的特徵如強壯的下巴和很殺的眼神顯示出一個男人具有較高的睪固酮。此理論認爲，由於這種高程度的荷爾蒙干擾到免疫系統，所以有男子氣概的男人必須要格外健康以承受他們的額外睪固酮所給予的不利條件。

然而，一項新研究發現，儘管女人的確對具有較強免疫反應的男人的臉和身體善意地作出反應，但當她們做出判斷時，似乎會提示她們的線索是胖和瘦，而不是男子氣概的特徵。

肥胖或多脂肪「是一個明顯免疫記號的選擇，因爲它與健康和免疫力的強關聯」，研究員文內特・寇切斯告訴生活科學。寇切斯是在南非普利托里亞大學的博士後科學家。

** macho (ˈmɑtʃo) *adj.* 男子氣概的　feature (fitʃɚ) *n.* 特徵
tout (taʊt) *v.* 大肆渲染
evolutionary (ˌɛvəˈluʃənˌɛrɪ) *adj.* 進化的
asset (ˈæsɛt) *n.* 有利條件
heterosexual (ˌhɛtərəˈsɛkʃuəl) *adj.* 異性戀的　***look for*** 尋找
potential (pəˈtɛnʃəl) *adj.* 潛在的　suggest (səˈdʒɛst) *v.* 暗示
driver (ˈdraɪvɚ) *n.* 驅動力　attraction (əˈtrækʃən) *n.* 吸引
jaw (dʒɔ) *n.* 下巴　squinty (ˈskwɪntɪ) *adj.* 眯著眼看的
advertise (ˈædvɚˌtaɪz) *v.* 使顯眼
testosterone (tɛsˈtɑstəˌron) *n.* 睪固酮（一種男性荷爾蒙）
immuno-competence (ˌɪmjənoˈkɑmpətəns) *n.* 免疫能力

handicap〔'hændɪ,kæp〕*n.* 障礙；不利條件
hypothesis〔haɪ'pɑθəsɪs〕*n.* 假說；前提
hormone〔'hɔrmon〕*n.* 荷爾蒙　***interfere with*** 干擾；妨礙
immune〔ɪ'mjun〕*adj.* 免疫的　withstand〔wɪð'stænd〕*v.* 承受
confer〔kən'fɝ〕*v.* 給予　respond〔rɪ'spɑnd〕*v.* 作出反應
favorably〔'fevərəblɪ〕*adv.* 善意地　cue〔kju〕*v.* 提示
adiposity〔,ædə'pɑsətɪ〕*n.* 多脂肪　marker〔'mɑrkɚ〕*n.* 記號
immunity〔ɪ'mjunətɪ〕*n.* 免疫力；免疫性
association〔ə,sosɪ'eʃən〕*n.* 關聯
postdoctoral〔'post'dɑktərəl〕*adj.* 博士學位取得後的
Pretoria〔prɪ'torɪə〕*n.* 普利托里亞【南非行政首都】

158.（**B**）這篇文章主要是關於？

(A) 社會互動。　(B) 人類生物學。
(C) 政治對立。　(D) 地球暖化。

* interaction〔,ɪntə'rækʃən〕*n.* 互動
biology〔baɪ'ɑlədʒɪ〕*n.* 生物學
political〔pə'lɪtɪkḷ〕*adj.* 政治的；政治上的
opposition〔,ɑpə'zɪʃən〕*n.* 敵對；對立

159.（**A**）這篇文章是根據？

(A) 科學研究。　(B) 普遍意見。
(C) 高程度的睪固酮。　(D) 激昂的辯論。

* heated〔'hitɪd〕*adj.* 激昂的　debate〔dɪ'bet〕*n.* 辯論

根據以下廣告，回答第 160 至 162 題。

現在我可以建議最重要的是不帶偏見。這是完全免費的！如果你用你平常一個月花在看電視的時間來做這項工作，你將會賺到一些額外的錢。試試看吧，它是免費的，而且你絕對不會想要拒絕，如果你正在尋找一些賺外快的機會。以下是連結。它百分之百免費，你絕對不用付出一毛錢。而且，下面的照片是許多人從本網站發布自己支票的支付牆，以證明它是正當的。想像在月底時，你的正常薪水支票上的金額多了額外的幾百元！

** advise〔əs'vaɪz〕*v.* 建議
open-minded〔'opən'maɪndɪd〕*adj.* 無偏見的；心胸寬的
absolutely〔'æbsə,lutlɪ〕*adv.* 完全地　　task〔tæsk〕*n.* 工作
throughout〔θru'aʊt〕*prep.* 從頭到尾
give it a try 試一試　　***pass up*** 【口】拒絕；放棄
side cash 外快（= *side money*）
dime〔daɪm〕*n.*（美國、加拿大的）一角硬幣
check〔tʃɛk〕*n.* 支票
legitimate〔lɪ'dʒɪtəmt〕*adj.* 正當的；合法的
paycheck〔'pe,tʃɛk〕*n.* 付薪水的支票；薪津

160.（**B**）誰可能會對這則廣告有興趣？

(A) 正在找一台新電腦的人。
(B) 正在注意賺額外收入的人。
(C) 正在找一份新工作的人。
(D) 正在找朋友的人。

* ***look to*** 【口】注意；指望
income〔'ɪn,kʌm〕*n.* 收入

161.（**A**）廣告宣傳的內容是？

(A) 某種網路行銷計畫。
(B) 一種特別的電視節目編排。
(C) 一家以網路爲主的職業介紹所。
(D) 一項支票兌現的服務。

* scheme〔skim〕*n.* 計畫；方案
programming〔'progræmɪŋ〕*n.*（電視、廣播的）節目編排
employment agency 職業介紹所
cash〔kæʃ〕*v.* 把…兌現

162.（**C**）哪裡可以發現這則廣告？

(A) 報紙裡。　　(B) 電視上。
(C) 網站上。　　(D) 路牌上。

根據以下文章，回答第 163 至 165 題。

不久前，七美元曾是一頓豐盛午餐的價格。現在它是一杯咖啡的價錢。只不過不是一般咖啡的價錢，而是星巴克新出的大杯哥斯大黎加芬卡帕米列拉。芬卡帕米列拉的稀有咖啡豆是這家連鎖咖啡店的「需要預訂」種類的一部分，也星巴克史上所提供最昂貴的黑咖啡。

現在喝七美元咖啡讓我們面臨財政懸崖。有什麼方式來解釋呢？「（這）價格是根據稀有性、需求和環保咖啡的方式來定價的」星巴克發言人說道。「這款咖啡並不是隨處都買得到的，所以需求是很高的，像是一個試喝限產葡萄酒的機會一樣。」

現在，一包半磅星巴克芬卡帕米列拉的咖啡豆售價為四十美元。成功銷售完畢。網路客戶在首 24 小時內買光了這些咖啡包。

** hearty〔ˈhɑrtɪ〕*adj.* 豐盛的　***Grande-sized*** （杯）大的
Starbucks 星巴克【美國一家跨國連鎖咖啡店】
Costa Rica 哥斯大黎加【中美洲國家】
Finca Palmilera 芬卡帕米列拉【2012 年星巴克所販賣的一種咖啡飲品】
rare〔rɛr〕*adj.* 稀有的；罕見的　chain〔tʃen〕*n.* 連鎖店
reserve〔rɪˈzɝv〕*n.* 預約；預訂　***serve up*** 提供；上菜
fiscal〔ˈfɪskḷ〕*adj.* 財政的；會計的　cliff〔klɪf〕*n.* 懸崖；峭壁
fiscal cliff 財政懸崖【財政懸崖最初是由美聯儲主席班・伯南克（*Ben Bernanke*）使用，主要是形容小布希政府的稅收優惠減免政策以及奧巴馬政府的 2%薪資稅減免和失業補償措施延長等政策於 2013 年 1 月 1 日集中到期，這將導致政府財政開支突然減少，民眾稅收大幅增加，從而令支出曲線上看上去猶如懸崖，故得名「財政懸崖」】
rarity〔ˈrɛrətɪ〕*n.* 稀罕之物；珍品
green〔grin〕*adj.* 關心生態的；關心環保的
spokesperson〔ˈspoks,pɝsn〕*n.* 發言人
widely〔ˈwaɪdlɪ〕*adv.* 廣泛地
available〔əˈveləbḷ〕*adj.* 可買到的
opportunity〔,ɑpɚˈtjunətɪ〕*n.* 機會

currently〔ˈkɝəntlɪ〕*adv.* 現在　　pound〔paʊnd〕*n.* 磅【重量單位】
sell out 售完

163. (**A**) 這篇文章主要是關於？

(A) 咖啡。　(B) 茶。
(C) 紅酒。　(D) 啤酒。

164. (**D**) 這篇文章暗指什麼？

(A) 對昂貴咖啡的需求很弱。
(B) 人們不願意付高價。
(C) 星巴克販賣最貴的咖啡。
(D) 七塊美金對於付一杯咖啡的錢來說很多。

165. (**C**) 關於芬卡帕米列拉，何者爲眞？

(A) 它是世界上最高價的咖啡。
(B) 它喝起來像紅酒。
(C) 它生長於哥斯大黎加。
(D) 它一磅賣四十美元。

根據以下備忘錄，回答第 166 至 168 題。

馬丁、梅德司基及伍德有限責任公司
佛羅里達州 邁阿密 南灘大道 35 號

致：所有丹佛的同事
來自：首席財務長，羅恩・魯柏

過去一年是我們公司空前成功的一年，絕大部分是我們員工的貢獻。我們很高興地宣布，我們正增加丹佛同事們的薪資比率以比得上我們的同行公司所宣布的加薪。同事的薪水應增加如下：

年資第一年的同事：	$50,000
資淺同事（第 2 年至第 4 年）：	$75,000

資深同事（第 5 年以上）:	$100,000
試用期中的同事	沒有加薪

資淺和資深同事的基本佣金的比率將由個人基礎來確定。這些增加將立即生效，並會在你們下一個月薪水支票中反映出來。我們很高興有這個機會能表彰你們的辛勤工作。

** memo〔ˈmɛmo〕*n.* 備忘錄（= *memorandum*）
LLC 有限責任公司（= *Limited Liability Company*）
Blvd. （林蔭）大道；大街（= *boulevard*）
associate〔əˈsoʃɪɪt〕*n.* 同事
CFO 首席財務長（= *chief financial officer*）
unprecedented〔ʌnˈprɛsəˌdɛntɪd〕*adj.* 空前的
firm〔fɝm〕*n.* 公司；事務所
thanks in no small part to 絕大部分是（= *due in no small part to*）
scale〔skel〕*n.* 比率　peer〔pɪr〕*adj.*（地位，能力等）同等的
probationary〔proˈbeʃənˌɛrɪ〕*adj.* 試用的；實習中的
base〔bes〕*adj.* 基本的　commission〔kəˈmɪʃən〕*n.* 佣金
recognize〔ˈrɛkəgˌnaɪz〕*v.* 表彰；賞識

166.（**C**）這項備忘錄是關於？
(A) 招聘工作。　(B) 保險政策。
(C) 加薪。　(D) 年終獎金。

167.（**A**）誰不會受此備忘錄影響？
(A) 試用期中的同事。　(B) 年資第一年的同事。
(C) 資淺同事。　(D) 資深同事。

168.（**D**）羅恩・魯柏在此公司的身分是？
(A) 試用期中的同事。　(B) 資淺同事。
(C) 資深同事。　(D) 首席財務長。

* status〔ˈstetəs〕*n.* 身分；地位

根據以下報導，回答第 169 至 172 題。

當漢娜・柯林斯 19 歲時，她得到她的第一個刺青。現在 23 歲的她一共有五個刺青圖案，大多覆蓋了她的上臂、大腿和其他身體的部位。這些顯眼的刺青必須在她每次去工作的醫生辦公室輪班上工之前遮蓋好。

維吉尼亞州里奇蒙市的柯林斯說道：「我不能炫耀我任何一個刺青，因爲（我的雇主）不想冒犯任何人或是讓我們的辦公室看起來不專業。」明年秋天她將要在倫敦聖三一學院開始學習成爲一位呼吸治療師。

許多人像柯林斯有著身體改變——刺青、打洞、植入——都面對著雇主相似的命令。聯邦法規定公民不能基於人種、膚色、種族特點、性別或宗教信仰而被拒絕給予工作。但有沒有可能有潛力的員工因爲過去他們改變自己身體所做刺青和打洞的選擇，而在職位上不被考慮或甚至被解僱？

** tattoo〔tæˈtu〕*n.* 刺青　　thigh〔θaɪ〕*n.* 大腿
prominent〔ˈprɑmənənt〕*adj.* 顯著的；顯眼的
cover up （完全）蓋住；遮住
shift〔ʃɪft〕*n.* 輪班工作時間　　***show off*** 炫耀
offend〔əˈfɛnd〕*v.* 冒犯；觸怒
unprofessional〔ˌʌnprəˈfɛʃənl̩〕*adj.* 非專業（或職業）的
respiratory〔rɪˈspaɪrəˌtorɪ〕*adj.* 呼吸的
therapist〔ˈθɛrəpɪst〕*n.* 治療學家
Trinity〔ˈtrɪnətɪ〕*n.*（大寫）（基督教）三位一體
modification〔ˌmɑdəfəˈkeʃən〕*n.* 改變；修改
piercing〔ˈpɪrsɪŋ〕*n.*（身體）打洞；穿孔
implant〔ɪmˈplænt〕*n.*【醫】植入（物）
mandate〔ˈmændet〕*n.* 命令；指令
federal〔ˈfɛdərəl〕*adj.*（常大寫）美國聯邦政府的

dictate〔ˈdɪktet〕*v.* 規定；要求　　deny〔dɪˈnaɪ〕*v.* 拒絕給予
race〔res〕*n.* 人種　　ethnicity〔eθˈnɪsətɪ〕*n.* 種族特點
gender〔ˈdʒɛndɚ〕*n.* 性別　　religious〔rɪˈlɪdʒəs〕*adj.* 宗教的
potential〔pəˈtɛnʃ〕*adj.* 有潛力的
pass over 忽視；(在提升、任命時)對(某人)不加考慮
position〔pəˈzɪʃən〕*n.* 職位；工作
modify〔ˈmɑdəˌfaɪ〕*v.* 改變；修改

169. (**C**) 這篇報導主要關於？
(A) 宗教。　(B) 漢娜・柯林斯的教育。
(C) 就業。　(D) 性別。

170. (**B**) 漢娜・柯林斯在哪裡工作？
(A) 在刺青店。　(B) 在醫生的辦公室。
(C) 在銀行。　(D) 在聯邦機構。
* parlor〔ˈpɑrlɚ〕*n.*【美】(通常用來構成複合詞)店
agency〔ˈedʒənsɪ〕*n.* 專業行政機構；局；署

171. (**A**) 這篇文章暗指什麼？
(A) 一些雇主認爲有刺青不專業。
(B) 需要放寬聯邦法律。
(C) 需要收緊聯邦法律。
(D) 許多公司不會雇用有打洞的人。
* tighten〔ˈtaɪtn̩〕*v.* 收緊

172. (**A**) 文章接下來最有可能會談什麼？
(A) 雇主對身體改變的態度。
(B) 不同類型的身體改變。
(C) 身體改變的方式影響工作表現。
(D) 可以改變自己身體的人之地區。

根據以下文章，回答第 173 至 176 題。

很有可能，你和你的男人有著很好的關係，而且他說的謊都只是無關緊要的小謊。但知道如何發現他可能在撒漫天大謊的跡象總是好的。測謊專家珍妮・專佛，《你不能騙我》這本新書的作者，告訴我們一些字句洩漏出某人是騙子的資訊。

「**離開**」——當然，有時候的情況下，離開是唯一可以使用的詞，但當他用這個詞來替換另一個詞時，這將意味著某種戲劇性在其中（試想：「我六點離開了酒吧」和「我六點回家了」）。這可能是由於他的渴望，「留」了個謊言。

「**從來沒有**」——重要的詞要留意的是，當他說「不」就可以表達意思但他卻說了「從來沒有」。這是個他過度補償的跡象。例如，如果妳問：「你在看那女孩的屁股嗎？」而他說：「從來沒有！」

「**順便說一下……**」——騙子用像這樣的措辭來使他們接下來要說的事試圖減輕到最小——但通常那是故事最重要的部分。加倍注意他後來說什麼。

「**我爲什麼會這麼做？**」——這是騙子最喜愛的搪塞台詞——經典的以問題來回應問題——這樣他們就可以得到多一點時間來解決接下來要說什麼。「妳覺得我是什麼樣的人啊？」、「妳認爲我是騙子？」和「我就知道這將發生在我身上！」這些措辭也符合該項清單。

** odds〔ɑds〕*n. pl.* 可能性；投注賠率；賭注差額
fib〔fɪb〕*n.* 小謊；無傷大雅的謊言　　spot〔spɑt〕*v.* 發現；認出
sign〔saɪn〕*n.* 跡象；徵兆　　whopper〔ˈhwɑpɚ〕*n.* 漫天大謊
detection〔dɪˈtɛkʃən〕*n.* 發覺；偵查　　expert〔ˈɛkspɚt〕*n.* 專家
fill** sb **in 告訴某人…資訊
give away 有意或無意地洩露某事物（或出賣某人）

drama〔ˈdrɑmə〕*n.* 戲劇性；戲劇性事件
involve〔ɪnˈvɑlv〕*v.* 意味著；包含　***in place of*** 代替
due to 由於　desire〔dɪˈzaɪr〕*n.* 渴望　***leave behind*** 留下
look out for 留意找；設法得到
overcompensate〔ˈovɚˈkɑmpənset〕*v.* 過度補償；過多賠償
butt〔bʌt〕*n.*【口】屁股　minimize〔ˈmɪnəˌmaɪz〕*v.* 使減到最小
stalling〔ˈstɔllɪŋ〕*adj.* 搪塞的　bill〔bɪl〕*n.* 目錄；清單

173. (**B**) 這篇文章最有可能在哪裡發現？
(A) 在一本男性雜誌裡。　(B) 在一本女性雜誌裡。
(C) 在一本財經雜誌裡。　(D) 在一本體育雜誌裡。

174. (**A**) 這篇文章提供什麼類型的建議？
(A) 浪漫的。　(B) 醫療保健。
(C) 法律的。　(D) 職涯。
* romantic〔rəˈmæntɪk〕*adj.* 浪漫的
legal〔ˈligl̩〕*adj.* 法律的　career〔kəˈrɪr〕*n.* 職涯

175. (**C**) 根據文章，下列哪一項「不是」有人在說謊的跡象？
(A) 說了「從來沒有」，當說「不」就可以表達意思時。
(B) 以問題來回應問題。
(C) 說話者避免直接的眼神接觸。
(D) 開始一個句子時用「順便說一下……」。
* avoid〔əˈvɔɪd〕*v.* 避免　***eye contact*** 眼神接觸

176. (**A**) 關於說謊，這篇文章暗指什麼？
(A) 幾乎每個人都說謊。
(B) 男人對說謊很不在行。
(C) 只有女人知道如何發現說謊。
(D) 有時候說謊是最好的選擇。
* ***be terrible at*** 對…不在行　option〔ˈɑpʃən〕*n.* 選擇

根據以下報導，回答第 177 至 180 題。

一名英國冒險者已成為不靠飛行走過世界所有 201 個主權獨立國家的第一人，當他星期一凌晨抵達世界上最新的國家—南蘇丹時，結束了他為期四年的長途飄泊。

格雷姆・休斯使用公車、船、計程車、火車和他自己的一雙腳——但從來沒有使用過飛機—恰好在 1,426 天走過 160,000 英里，平均一週花不到 100 美元。

休斯，33 歲，於 2009 元旦從他在英格蘭北部利物浦的家出發。從那時起，他已到訪了聯合國的全部 193 個會員國以及台灣、梵蒂岡、巴勒斯坦、科索沃、西撒哈拉和大英聯合國的四個主要的民族國家。

吉尼斯世界紀錄已經證實休斯是沒有飛行而實現此壯舉的第一人。休斯已經為此旅程拍攝了一部紀錄片，並籌集資金給一間名叫水援助的慈善機構。

「今天主要的感覺就是極度感謝在世界各地每個幫助我到這裡的人，讓我搭便車、讓我留宿在他們的沙發上或向我指明正確的方向」，休斯說。「有好幾次，坐在柬埔寨公車站的一個早晨，在路況不好乘坐不舒服的卡車時，我就想我為什麼這樣做呢？但總會有個理由堅持下去。」

最精采的部分是在太平洋帛琉群島的一個水母湖裡游泳、看美國國家航空暨太空總署發射一架最新的太空梭以及與巴布亞新幾內亞的叢林部落族人跳舞。

** adventurer〔ədˈvɛntʃərɚ〕*n.* 冒險者
travel〔ˈtrævḷ〕*v.* 遊遍；走過（距離）
sovereign〔ˈsɑvrɪn〕*adj.* 具有獨立主權的
state〔stet〕*n.* 國家；政府　odyssey〔ˈɑdəsɪ〕*n.* 長途飄泊
South Sudan 南蘇丹【非洲國家】

exactly〔ɪɡ'zæktlɪ〕*adv.* 恰好地；正好地　　***set out*** 出發
Vatican City 梵蒂岡城【又稱爲教廷，位於義大利首都羅馬城西北角的高地上，爲世界天主教的中心，也是世界上最小的國家】
Palestine 巴勒斯坦【位於亞洲西部，地中海東岸，亞非歐三洲交通要道】
Kosovo 科索沃【位於歐洲東南部巴爾幹半島】
Sahara 撒哈拉【位於北非】
United Kingdom 大英聯合國【由英格蘭、蘇格蘭、威爾斯以及愛爾蘭四個獨立國家主體所組成】
confirm〔kən'fɝm〕*v.* 證實　　film〔fɪlm〕*v.* 把…拍成電影
documentary〔,dɑkjə'mɛntərɪ〕*n.* 紀錄片
charity〔'tʃærətɪ〕*n.* 慈善機構　　aid〔ed〕*n.* 援助
intense〔ɪn'tɛns〕*adj.* 極度的；強烈的
gratitude〔'grætə,tjud〕*n.* 感激　　***around the world*** 世界各地
give sb. a lift 讓某人搭便車　　point〔pɔɪnt〕*v.* 指明
Cambodia 柬埔寨【位於東南亞】　　awful〔'ɔfʊl〕*adj.* 不舒服的
highlight〔'haɪ,laɪt〕*n.* 最精彩（或最突出）的部分
jellyfish〔'dʒɛlɪ,fɪʃ〕*n.* 水母　　Pacific〔pə'sɪfɪk〕*adj.* 太平洋的
archipelago〔'ɑrkə'pɛlə,go〕*n.* 群島；列島
Palau 帛琉【位於大洋洲太平洋上的島國】
NASA 美國國家航空暨太空總署【全名 National Aeronautics and Space Administration，爲美國聯邦政府的獨立機構，負責制定、實施美國的民用太空計劃與開展航空科學暨太空科學的研究】
space shuttle （往返於地球和太空站之間的）太空梭
launch〔lɔntʃ〕*v.* 發射；使升空　　jungle〔'dʒʌŋgl̩〕*n.* 熱帶叢林
tribe〔traɪb〕*n.* 部落；種族
Papua New Guinea 巴布亞新幾內亞【位於大洋洲】

177.（**C**）格雷姆·休斯完成什麼壯舉？

(A) 他成爲地球上走遍每一個國家的第一人。
(B) 他成爲拜訪南蘇丹的第一人。
(C) 他成爲沒有靠飛行而遊遍世界上所有 201 主權獨立國家的第一人。
(D) 他成爲靠船環繞世界的第一人。

* feat〔fit〕*n.* 壯舉；英勇事跡
accomplish〔əˈkɑmplɪʃ〕*v.* 完成；達到
circle〔ˈsɝkḷ〕*v.* 環繞…移動

178. (**C**) 格雷姆・休斯花了多長時間完成此壯舉？
(A) 五年。 (B) 四年。
(C) <u>恰好 1426 天。</u> (D) 60,000 英里。

179. (**B**) 暗示台灣是？
(A) 非常困難以徒步到達。
(B) <u>它不是聯合國的一員。</u>
(C) 最後一個休斯拜訪的國家。
(D) 休斯拜訪的第一個國家。

180. (**A**) 下列何者「非」休斯旅程最精采的？
(A) <u>凌晨一點坐在柬埔寨公車站。</u>
(B) 在帛琉與水母游泳。
(C) 與巴布亞新幾內亞的部落跳舞。
(D) 看一架美國國家航空暨太空總署的太空梭升空。

根據以下電子信件交流，回答第 181 至 185 題。

收件人：梅麗莎・霍斯沃斯 <m_holds@graves.com>
寄件人：詹姆士・艾倫 <j_allen@graves.com>
日期：3 月 23 日
主旨：行銷活動

梅麗莎：

我希望一切都好。很抱歉打擾你，但我在想你是否已經從史蒂芬那聽到有關於威爾森媒體的行銷活動？從我們的最後一次的談話，我猜想它會在四月中旬左右的某個時候開始。如果這個活動仍然有效的話，有沒有任何想法？我假定史蒂芬一直很忙，這就是爲什麼他還沒有回我任何消息。無論如何，告訴我一聲，讓我知道發生什麼事。

—詹姆士

** marketing〔'mɑkɪtiŋ〕*n.* 行銷
campaign〔kæm'pen〕*n.* 活動　***hear from*** 從…得到消息
gather〔'gæðɚ〕*v.* 猜想；推測 < *that* >
stand〔stænd〕*v.* 仍有效；仍未變　assume〔ə'sjum〕*v.* 假定爲
at any rate 無論如何　***give** sb **a shout*** 告訴某人

收件人：詹姆士・艾倫 < j_allen@graves.com >
寄件人：梅麗莎・霍斯沃斯 <m_holds@graves.com>
主旨：回覆：行銷活動

詹姆士：

一點都不會打擾，詹姆士。好笑的是，當我正在和史蒂芬聊天聊到它時，你應該提起威爾森的活動。以下這是最新的消息。

首先，我們和威爾森只有困難而已。他們不喜歡我們的任何一個想法，而史蒂芬說如果再這樣下去，他就會把合約作廢以管理活動。這把他弄瘋了，這很可能是爲什麼他一直沒有回你訊息。同時，四月中旬開始是沒有問題的，而且下週我將要去威爾森的總部與他們的首席執行長和品牌管理負責人談談。史蒂芬認爲這筆交易也許需要女人的特長。

所以，我會及時向你們更新任何最新的發展，但它現在看起來像會有好一段時間是什麼也不會發生。

— 梅麗莎

** ***not…at all*** 一點都不　mention〔'mɛnʃən〕*v.* 提；說

nothing but 只有；僅僅　　***have trouble with*** 有困難
void〔 vɔɪd 〕*v.* 把…作廢；使無效
kick-off〔ˈkɪk͵ɔf 〕*n.*【口】(社交集會等的)開始
contract〔ˈkɑntrækt 〕*n.* 合約　　***go down to*** 去…(地方)
HQ 總部 (= *headquarter*)
CEO 首席執行長 (= *chief executive officer*)
deal〔 dil 〕*n.* 交易　　touch〔 tʌtʃ 〕*n.* 特長；才能
keep** sb **posted 使某人不斷獲悉最新發展情形(或消息等)
development〔 dɪˈvɛləpmənt 〕*n.* 發展

181. (**A**) 詹姆士和梅麗莎是？
(A) 同事。　(B) 同學。　(C) 室友。　(D) 鄰居。

182. (**D**) 詹姆士問梅麗莎什麼？
(A) 她是否感覺好多了。　(B) 她是否和史蒂芬會面。
(C) 她是否和威爾森說。
(D) 她是否有關於活動的任何資訊。

183. (**B**) 關於史蒂芬，梅麗莎說什麼？
(A) 她還沒有從他那裡得到消息。
(B) 她剛和他談過。　(C) 她直到下週才會看到他。
(D) 她將永遠不會再和他說話。

184. (**B**) 關於威爾森媒體，梅麗莎說什麼？
(A) 他們不再是客戶。　(B) 和他們工作一直有困難。
(C) 他們沒有支付賬單。
(D) 他們目前爲止非常滿意活動。

185. (**A**) 關於行銷活動，梅麗莎說什麼？
(A) 它目前擱置了。　(B) 它是準時進行。
(C) 它不會發生。　(D) 它是他們做過最好的。

* ***on hold*** 暫緩；擱置　　***for now*** 目前；眼下
on schedule 準時

根據以下兩篇文章，回答第 186 至 190 題。

一個對的對策：有人會贏

三人一組彩券購買者拆分超級百萬獎金 656,000,000 美元，創造一項世界彩券紀錄的八個月之後，強力球祭出一項獎金將會是第二高的。史上最高的強力球獎金 500,000,000 美元，象徵著一筆潛在改變生活的財富。但付錢買一張 2 美元的彩券之前，有些事情要考慮：這是賭徒的準則：有人非得要贏得獎金，那麼爲什麼不是我？

第一部分是眞的；有人將會贏得強力球獎金。

查克・斯特拉特，多州彩券協會的經營管理主任預測星期三大約有 60% 的機會會發生——如果在最後一分鐘慌亂買彩券挑選獨特號碼的購買者的機會也許會更好。

獎金已抵擋了 16 次連續沒有人中大獎的極小機率，現在大獎爲 $500,000,000 美元（現值 327,000,000 美元）。斯特拉特提出機率在 5% 左右，至週三前整個趨勢將不會有贏家產生。

隨著長期缺乏贏家的時間增加，結束下一次抽獎可能性也將增加，因爲彩券的銷售量和越來越高的獎金是息息相關。

有人會贏得。最終。

** bet〔 bɛt 〕*n.* 對策；賭注　　trio〔ˈtrio〕*n.* 三人（或三個）一組
split〔 splɪt 〕*v.* 分享；分得　　mega〔ˈmɛgə〕*adj.* 超級；巨大的
jackpot〔ˈdʒækˌpɑt 〕*n.*（賭博中）累積獎金
lottery〔ˈlɑtərɪ 〕*n.* 彩券；獎券
Powerball 強力球【爲美國一款樂透型彩券遊戲而聞名全球】
offer〔ˈɔfɚ 〕*v.* 提供　　***offer up*** 祭出；奉獻
prize〔 praɪz 〕*n.* 獎金；（在摸彩或賭博中所中的）彩金
represent〔ˌrɛprɪˈzɛnt 〕*v.* 象徵；意味著
life-changing 改變人生的　　fortune〔ˈfɔrtʃən 〕*n.* 財富；巨款

shell out 付款；送　consider〔kən'sɪdɚ〕*v.* 考慮；細想
gambler〔'gæmbl̩ɚ〕*n.* 賭徒　mantra〔'mʌntrə〕*n.* 準則；眞言
gotta〔'gɑtə〕【口】不得不；非得（= *have got to*）
executive〔ɪg'zɛkjʊtɪv〕*adj.* 經營管理的
director〔də'rɛktɚ〕*n.* 主任；主管　flurry〔'flɝɪ〕*n.* 慌亂
purchaser〔'pɝtʃəsɚ〕*n.* 購買者　unique〔ju'nik〕*adj.* 獨特的
defy〔dɪ'faɪ〕*v.* 抵擋；抗拒　***long odds*** 極小的可能性
roll over 輕易擊敗　consecutive〔kən'sɛkjʊtɪv〕*adj.* 連續不斷的
hit〔hɪt〕*v.*（擊）中　put〔pʊt〕*v.* 提出
entire〔ɪn'taɪr〕*adj.* 整個的；全部的　run〔rʌn〕*n.* 趨勢；走向
drought〔draʊt〕*n.*（長期的）缺乏　draw〔drɔ〕*n.* 抽獎
spike with 息息相關【在此取之引申意，原意為把烈酒攙入（飲料、水果、酒）】
eventually〔ɪ'vɛntʃʊəlɪ〕*adv.* 最後；終於

一個錯的賭注：將會是你

賭博專家說大多數的美國人至少一年一次會玩一些彩券遊戲。麻州大學達特茅斯分校政策分析中心主任克萊德・巴羅說，沉迷賭博的人不太可能轉向大規模的中獎彩券遊戲，例如玩強力球的賭徒較少於玩刮刮樂的賭徒。

不可否認地，被閃電擊中的機會比贏得強力球獎金的機會還要高。但不幸地，這低估了閃電的危險。阿克倫大學一位教授博奕課程的數學教授，提姆・諾福克提出人一生中被閃電擊中的機率是五千分之一。贏得強力球獎金的機率是一億七千五百萬分之一。

雖然對這種天文數字的機率，天氣是馬上就想到的類比，但諾福克表示有更好的類比。例如，根據最新的人口普查，在美國挑選任意一個特定的女性的名字你將會有稍微好一點的機率：一億五千七百萬分之一。

** gambling〔'gæmblɪŋ〕*n.* 賭博　expert〔'ɛkspɝt〕*n.* 專家
majority〔mə'dʒɔrətɪ〕*n.* 多數　***at least*** 至少

a given year 每一年
UMass Dartmouth 麻薩諸塞州達特茅斯分校【全名 University of Massachusetts Dartmouth，位於美國麻薩諸塞州】
addicted〔əˈdɪktɪd〕*adj.* 上癮的；入了迷的　***turn to*** 轉向
massive〔ˈmæsɪv〕*adj.* 大規模的　***scratch off*** 刮刮樂
strike〔straɪk〕*v. n.* 打；擊【三態變化：strike-struck-stricken】
lightning〔ˈlaɪtn̩ɪŋ〕*n.* 閃電　woefully〔ˈwofəlɪ〕*adv.* 不幸地
understate〔ˌʌndɚˈstet〕*v.* 不充分地陳述
danger〔ˈdendʒɚ〕*n.* 危險　***go-to*** 馬上就想到的；不可缺少的
analogy〔əˈnælədʒɪ〕*n.* 類比；比擬
astronomical〔ˌæstrəˈnɑmɪkl̩〕*adj.* 天文的
slightly〔ˈslaɪtlɪ〕*adv.* 稍微地　randomly〔ˈrændəmlɪ〕*n.* 任意地
specific〔spɪˈsɪfɪk〕*adj.* 特殊的
census〔ˈsɛnsəs〕*n.* 人口普查；人口調查

186. (**A**) 二篇文章在討論什麼？

(A) 賭博。　(B) 天氣。
(C) 天文學。　(D) 人口普查數據。

* astronomy〔əsˈtrɑnəmɪ〕*n.* 天文學

187. (**A**) 二篇文章都同意什麼？

(A) 贏得強力球大獎的機率很低。【原選項誤植，應把 high 改爲 low】
(B) 賭博是社會的重大問題。
(C) 美國人不再有興趣玩彩券。
(D) 沒有人會贏得本週的強力球。

* ***agree on*** 同意

188. (**C**) 贏得強力球彩券的機率是？

(A) 百分之六十。
(B) 五千分之一。
(C) 一億七千五百萬分之一。
(D) 一億五千七百萬分之一。

189. (**D**) 被閃電擊中的機率是？

(A) 百分之五。　　(B) 百分之六十。
(C) 十二分之一。　　(D) 五千分之一。

190. (**A**) 認眞的賭徒不太可能做什麼？

(A) 玩強力球彩券。　　(B) 被閃電擊中。
(C) 猜一個特定的美國女性名字。
(D) 在最後一分鐘購買彩券。

根據以下的新聞稿與電子郵件，回答第 191 至 195 題。

太陽能船賽：召集對手

太陽能船賽，一年前開賽時只有三艘船完成從拿索橫渡海域到邁阿密的賽事，現在太陽能船賽在海洋競速日曆上已確立是一項眞正獨特的活動。每一艘 20 公尺長的船僅由太陽能電池板所提供之能量供電。贏得這賽事的是一組四人小隊，奧斯卡・黑格斯特羅姆擔任隊長，從斯德哥爾摩發船的伊卡洛斯二世號。

繼第一場比賽的成功之後，競賽委員會決定每三年一次舉辦此活動。希望參加下一個競賽版本的團隊，藉此邀請他們遞交申請。一整套的申請和競賽規定可以從太陽能船賽網站下載（www.solarregatta.org）。

主辦方想提醒申請者，只有太陽能供電之賽艇經批准才可競賽且所有船隻必須符合競賽規定之規格。

如果您對申請過程有其他疑問，請通過電子郵件 scott.jones@solarregatta.org 或通過電話（213）333-9999 聯絡史考特・瓊斯。

** press〔prɛs〕*n.* 新聞輿論　　release〔rɪ'lis〕*n.*（發布的）新聞稿
solar〔'solɚ〕*adj.* 太陽的；太陽能的；利用太陽光的

regatta〔rɪ'gætə〕n.（源出義大利威尼斯）鳳尾船比賽；帆船比賽
call〔kɔl〕v. 召集　　inaugurate〔ɪn'ɔgjə,ret〕v. 開始；開展
competitor〔kəm'pɛtətɚ〕n. 對手　　crossing〔'krɔsɪŋ〕n. 橫渡
Nassau 拿索【巴哈馬的首都】
Miami 邁阿密【位於美國佛羅里達州東南角】
establish〔ə'stæblɪʃ〕v. 確立；使得到承認 <*as*>
calendar〔'kæləndɚ〕n. 日曆　　racing〔'resɪŋ〕n. 競速
energy〔'ɛnɚdʒɪ〕n. 能量　　panel〔'pænḷ〕n. 控電板；配電盤
race〔res〕n. 競賽；比賽　　captain〔'kæptən〕v. 擔任隊長
Stockholm 斯德哥爾摩【瑞典首都，位於瑞典的東海岸】
Icarus 伊卡洛斯【希臘神話的人物】
committee〔kə'mɪtɪ〕n. 委員會
participate〔pɑr'tɪsə,pet〕v. 參加 <*in*>
edition〔ɪ'dɪʃən〕n. 版本
hereby〔,hɪr'baɪ〕adv.（用於公文等中）藉此；特此
package〔'pækɪdʒ〕n.（有關聯的）一組事物
regulation〔,rɛgjə'leʃən〕n. 規定；條例
organizer〔'ɔrgə,naɪzɚ〕n. 主辦方；組織者
remind〔rɪ'maɪnd〕v. 提醒　　applicant〔'æpləkənt〕n. 申請人
yacht〔jɑt〕n. 快艇；遊艇　　authorize〔'ɔθə,raɪz〕v. 批准；認可
vessel〔'vɛsḷ〕n. 船；艦
correspond〔,kɔrɪ'spɑnd〕v. 符合；一致 <*to*>
specification〔,spɛsəfə'keʃən〕n. 載明；詳述

收件人：馬克・哈伯 <Mharper@solarwattage.com>
寄件人：安娜・紹克 <asaulk@solarwattage.com>
主旨：宣傳機會

嗨，馬克：

我轉發我今天早上向你提到關於太陽能船賽的新聞稿。我在馬尼拉太陽能發布會上遇到了比賽聯絡協調人史考特・瓊斯，他在會上做關於此活動的簡報。我從他那裡了解到，第一場競賽是個大成功，無論是在傳統媒體和在網路上都引起了大量的新聞報導。

在下一個版本的競賽中，他預計有多達二十架賽艇從七個不同國家申請報名，包括日本。他建議我們可能可以贊助一隊選手，尤其是我們已經正在歐洲和亞洲的一些船廠供應我們航海版的太陽能電板。他特別推薦我們聯絡帆院船隻的米克・沃勒，因爲他們顯然考慮參加比賽。

我們在幾個場合都曾與帆院船隻合作過多次了。你想你能儘快與他們聯繫並安排會議來探討在太陽能船競賽的合作方式嗎？你可以安排我們提供免費的太陽能電板，以換取在船上空間和媒體的適當宣傳。

眞誠地，
安娜

** promotional〔prə'moʃənḷ〕*adj.* 廣告宣傳的
forward〔'fɔrwɚd〕*v.* 轉發　conference〔'kɑnfərəns〕*n.* 會議
Manila 馬尼拉【菲律賓首都】
generate〔'dʒɛnə,ret〕*v.* 引起　media〔'midɪə〕*n. pl.* 媒體
coverage〔'kʌvərɪdʒ〕*n.* 新聞報導　***on the Internet*** 網路上
expect〔ɪk'spɛkt〕*v.* 預計　***as many as*** 多達…
especially〔ə'spɛʃəlɪ〕*adv.* 尤其　supply〔sə'plaɪ〕*v.* 供應
marine〔mə'rin〕*adj.* 航海的；海運的
boatyard〔'botjɑrd〕*n.* 製造或修理小船之工廠
particularly〔pɚ'tɪkjəlɚlɪ〕*adv.* 特別　sail〔sel〕*n.* 帆狀物
yard〔jɑrd〕*n.* 院子　apparently〔ə'pærəntlɪ〕*adv.* 顯然地
several〔'sɛvərəl〕*adj.* 幾個　occasion〔ə'keʒən〕*n.* 場合；活動
as soon as possible 儘快；及早　***set up*** 安排
explore〔ɪk'splor〕*v.* 探索　***free of charge*** 免費
in exchange for 作爲…的交換
appropriate〔ə'proprɪ,et〕*adj.* 適當的；相稱的
publicity〔pʌb'lɪsətɪ〕*n.* 宣傳；曝光率
onboard〔ɑn'bord〕*adj.* 船上的；隨船攜帶的
sincerely〔sɪn'sɪrlɪ〕*adv.* 眞誠地；由衷地

191. (**C**) 馬克和安娜之間的關係是？

(A) 配偶。 (B) 同學。
(C) 同事。 (D) 室友。

* spouse〔spaus〕*n.* 配偶 colleague〔ˈkɑlig〕*n.* 同事

192. (**A**) 太陽能船賽是什麼？

(A) 一種船隻競賽。 (B) 太陽能研究獎。
(C) 運輸公司。 (D) 體育特許加盟權。

* award〔əˈwɔrd〕*n.* 獎；獎章
shipping〔ˈʃɪpɪŋ〕*n.* 運輸
franchise〔ˈfrænˌtʃaɪz〕*n.* 特許加盟權

193. (**D**) 什麼類型的船可以參加太陽能船賽？

(A) 帆船。 (B) 遠洋客輪。
(C) 充氣橡皮艇。 (D) 太陽能爲動力的賽艇。

* sailboat〔ˈselˌbot〕*n.*【美】帆船
liner〔ˈlaɪnɚ〕*n.* 班輪
inflatable〔ɪnˈfletəbl̩〕*adj.* 可充氣的
raft〔ræft〕*n.* 橡皮艇

194. (**A**) 太陽能船賽已經舉辦過幾次了？

(A) 一次。 (B) 兩次。
(C) 三次。 (D) 這次將是第一次。

195. (**C**) 安娜爲什麼和馬克聯絡？

(A) 爭取和他的生意成交。
(B) 提名他獲獎。 (C) 建議宣傳機會。
(D) 抱怨同事。

* solicit〔səˈlɪsɪt〕*v.* 請求
solicit business 爭取生意的成交
nominate〔ˌækəˈdɛmɪk〕*v.* 提名

根據以下的信件和電子郵件，回答第 196 至 200 題。

頂尖銀行
市場街 123 號
莫德斯托，CA 92674

2013 年 2 月 23 日

親愛的丹尼爾・華勒斯，

爲回應您的要求，我們正將您目前的快速帳戶轉換成我們最普及的全權使用活期存款帳戶。作爲一位我們重要的客戶，我們希望讓這項操作對您來說盡可能地簡單。

3 月 1 日當日，我們將會自動將您的存款轉調至您的新帳戶。請注意您現有的帳號和 ATM 卡號碼將保持不變。

有關您新全權使用帳戶的好處之更多資訊，請參訪我們的網站 www.apexbank.com 或是拜訪您鄰近地區的分行。

我們想提醒你，頂尖銀行也提供了多種類的儲蓄存款帳戶，適合希望賺得儲蓄存款利息的客戶。

如果您有任何其他疑問，請與我聯絡 (800)345-6789 或電子郵件至 f_golds@apexbank.com。

誠摯地，
芙達・高德史密斯

** apex〔ˈepɛks〕*n.* 頂尖
Modesto 莫德斯托【位於美國加利福尼亞州】
in response to 作爲對…的答覆　request〔rɪˈkwɛst〕*n.* 要求
switch〔swɪtʃ〕*n. v.* 轉換　express〔ɪkˈsprɛs〕*adj.* 快速的
checking account 活期存款帳戶　***full access*** 全權使用
valued〔ˈvæljud〕*adj.* 重要的　operation〔ˌɑpəˈreʃən〕*n.* 操作
automatically〔ˌɔtəˈmætɪkḷɪ〕*adv.* 自動地

transfer〔træns'fɝ〕v. 調動　　funds〔fʌndz〕n. pl.（銀行）存款
note〔not〕v. 注意　　exisiting〔ɪg'zɪstɪŋ〕adj. 現行的
neighborhood〔'nebɚ,hʊd〕n. 鄰近地區
remind〔rɪ'maɪd〕v. 提醒　　***savings account*** 儲蓄存款帳戶
ideal〔aɪ'diəl〕adj. 理想的　　earn〔ɝn〕v. 賺得
interest〔'ɪntərɪst〕n. 利息　　savings〔'sevɪŋs〕n. pl. 存款

收件人：芙達・高德史密斯 < f_golds@apexbank.com >
寄件人：丹尼爾・華勒斯 < robber_88@msn.com >
日期：2013 年 3 月 3 日

主旨：全權使用活期存款帳戶

親愛的高德史密斯小姐，

感謝您的近期來信關於我在頂尖銀行的帳戶事宜。不幸的是，我遇到了幾個關於轉換帳戶的問題。

首先，我的自動存提款卡的個人識別碼無法運作。每次我試圖從帳戶領錢，反應都是錯誤訊息。其次，我還沒有收到新的支票簿。也許我誤解了程序，這是不包含在全權使用活期存款帳戶套組裡的。

同時，我目前外地出差，不能去當地的分行。關於個人識別碼的情況，有任何事是您可以做的嗎？如果我能使用我的錢那將會很好。

除此之外，我很滿意您的銀行和服務。

此致，
丹尼爾・華勒斯

** access〔'æksɛs〕n. 使用
correspondence〔,kɔrə'spɑndəns〕n.（總稱）信件
unfortunately〔ʌn'fɔrtʃənɪtlɪ〕adv. 可惜　　***run into*** 碰到

ATM 自動存提款機（= *Automated Teller Machine*）
PIN 個人識別碼（= *personal identification number*）
withdraw〔wɪð'drɔ〕*v.* 提取 <*from*>
be greeted with（以某種方式）反應出來
checkbook〔'tʃɛk,bʊk〕*n.*【美】支票簿
misunderstand〔'mɪsʌndɚ'stænd〕*v.* 誤會；曲解
procedure〔prə'sidʒɚ〕*n.* 程序；手續　***be away*** 不在；外出
on business 出差；辦事　otherwise〔'ʌðɚ,waɪz〕*adv.* 除此以外

196.（**A**）芙達・高德史密斯信件的主要目的爲何？

(A) 告知。　(B) 抱怨。
(C) 表示歉意。　(D) 請求。

197.（**A**）丹尼爾・華勒斯的要求是什麼？

(A) 要轉換帳戶。　(B) 要關閉他的帳戶。
(C) 要開一個新帳戶。　(D) 要開一個儲蓄帳戶。

198.（**A**）芙達・高德史密斯說什麼將保持不變？

(A) 丹尼爾帳戶的資訊。　(B) 丹尼爾的利率。
(C) 丹尼爾的信用等級。　(D) 丹尼爾的利益。

* credit〔'krɛdɪt〕*n.* 信用　rating〔'retɪŋ〕*n.* 等級
benefit〔'bɛnəfɪt〕*n.* 利益；好處

199.（**B**）丹尼爾・華勒斯有什麼問題？

(A) 他遺失了他的提款卡。　(B) 他不能從帳戶領錢。
(C) 他用完他的支票。　(D) 他陷在車陣中。

* ***run out of*** 用完；耗盡　***be stuck in*** 陷進；動彈不得

200.（**B**）丹尼爾・華勒斯爲什麼目前不能去當地的分行？

(A) 他沒錢。　(B) 他出城。
(C) 他生病。　(D) 他太忙。

* ***out of*** 沒有；在⋯範圍之外

New TOEIC Speaking Test 詳解

Question 1: Read a Text Aloud

 題目解說 （Track 2-05）

名人對於大眾的影響力是無庸置疑的。但這並不是說大眾應該要盲目地跟隨名人。有些明星對有關國家民主核心價值及人權的社會議題和事宜比較直言不諱；但願更多的名人，能夠用他們的名聲做同樣的事情，去強調這些重要議題、提升公眾意識並且幫忙形成對公共政策的健康辯論。

** ***there is no denying*** 無庸置疑；無可否認
influence〔ˈɪnfluəns〕*n.* 影響　celebrity〔səˈlɛbrətɪ〕*n.* 名人
blindly〔ˈblaɪndlɪ〕*adv.* 盲目地　vocal〔ˈvokl̩〕*adj.* 直言不諱的
social〔ˈsoʃəl〕*adj.* 社會的　issue〔ˈɪʃu〕*n.* 議題
matter〔ˈmætɚ〕*n.* 事宜　concern〔kənˈsɝn〕*v.* 有關；涉及
core〔kor〕*n.* 核心　value〔ˈvælju〕*n.* 價值
democracy〔dəˈmɑkrəsɪ〕*n.* 民主
hopefully〔ˈhopfəlɪ〕*adv.*（多用來修飾全句）但願
follow suit 做同樣的事情　fame〔fem〕*n.* 名聲
highlight〔ˈhaɪˌlaɪt〕*v.* 強調　critical〔ˈkrɪtɪkl̩〕*adj.* 重要的；關鍵的
awareness〔əˈwɛrnəs〕*n.* 意識　foster〔ˈfɔstɚ〕*v.* 培養
healthy〔ˈhɛlθɪ〕*adj.* 健康的　debate〔dɪˈbet〕*v.* 辯論
policy〔ˈpɑləsɪ〕*n.* 政策

Question 2: Read a Text Aloud

 題目解說 （Track 2-05）

在過去一年來房屋價格回升。而且大多數的案件在最昂貴的房市需求恢復最高增加至 20%到 50%之間，平均的房屋售價遠遠超過一百萬美元。在今年上半年，至少有十個城市的平均房屋登錄價格超過一百二十萬美元。

** rebound〔rɪ'baʊnd〕*v.* 回升；反彈
expensive〔ɪk'spɛnsɪv〕*adj.* 昂貴的
market〔'mɑrkɪt〕*n.* 銷路；需求　　recovery〔rɪ'kʌvərɪ〕*n.* 恢復
exceed〔ɪk'sid〕*v.* 超過

Question 3: Describe a Picture

 必背答題範例

 中文翻譯 （Track 2-06）

這是一間湯廚房。
這是一個餵飽窮人和無家可歸的人的地方。
這些食物對那些有需要的人是免費的。

有志工在分送食物。
有個留著鬍子的男人。
有個戴著一頂白色帽子的女人。

有幾個人在排隊。
他們正排隊等著供餐。
他們一次一個人領餐點。

天氣看起來像是冬天。
無家可歸的人穿著冬天的衣服。
也許是聖誕節。

很難判斷他們正在拿到什麼樣的食物。
有一個很大的不銹鋼鍋。
看起來很像某種燉菜。

在湯廚房裡工作的人很可能是志工。
他們喜歡幫助他人。
這是他們回饋社區的方式。

** ———————————————

feed〔fid〕*v.* 餵食　　poor〔pur〕*adj.* 貧窮的
homeless〔'homlɪs〕*adj.* 無家可歸的
in need 有需要的　　volunteer〔,vɑlən'tɪr〕*n.* 志工；志願者
dish out 分送；盛在盤中端出
mustache〔'mʌstæʃ〕*n.* 小鬍子　　***in line*** 排隊
wintertime〔'wɪntɚ,taɪm〕*n.* 冬季
Christmas〔'krɪsməs〕*n.* 聖誕節
stainless〔'stenlɪs〕*adj.* 不銹的　　steel〔stil〕*n.* 鋼
stew〔stu〕*n.* 燉菜
community〔kə'mjunətɪ〕*n.* 社區；社會

Questions 4-6: Respond to Questions

想像一家北美地區的行銷公司正在進行一項研究調查。你同意參與一項關於電影的電話訪問。

Q4：你上一次是何時並且在哪裡看電影的？

A4：我上一次看電影是在星期六。
我在家裡和朋友一起看。
我們租了一大堆 DVD 光碟。

Q5：你最喜歡什麼種類的電影？

A5：我喜歡喜劇片和紀錄片。
我喜歡能逗我笑的事物。
我也喜歡得知有趣的主題。

Q6：控管孩童看的電影種類有多重要？爲什麼？

A6：我認爲這相當重要。
有許多不適合的電影就在那裡。
有些事物不該被孩童看見。

性和暴力是兩個最嚴重的議題。
我們的社會過度沉迷於這兩者。
我不認爲這是文化中的正面角度。

孩童是非常容易受影響的。
看了成人內容的電影後，他們會得到錯誤的觀念。
他們會習慣這樣的觀念。

** ________________________________

imagine〔ɪ'mædʒɪn〕*v.* 想像
North America 北美地區
participate〔pɑr'tɪsə,pet〕*v.* 參與< *in* >
rent〔rɛnt〕*v.* 租 ***a bunch of*** 一堆
DVD 數位影音光碟（= *Digital Video Disc/Disk*）
comedy〔'kɑmədɪ〕*n.* 喜劇
documentary〔,dɑkjə'mɛntərɪ〕*n.* 紀錄片
laugh〔læf〕*v.* 笑 ***learn about*** 得知
subject〔'sʌbdʒɪkt〕*n.* 主題
monitor〔'mɑnətɚ〕*v.* 監控；管理
type〔taɪp〕*n.* 種類 fairly〔'fɛrlɪ〕*adv.* 相當地
inappropriate〔,ɪnə'proprɪɪt〕*adj.* 不適當的
out there 就在那裡；就在某處 view〔vju〕*v.* 觀看
violence〔'vaɪələns〕*n.* 暴力
society〔sə'saɪətɪ〕*n.* 社會 ***be obsessed with*** 沉溺於
positive〔'pɑzətɪv〕*adj.* 正面的
aspect〔'æspɛkt〕*n.* 角度；面向
culture〔'kʌltʃɚ〕*n.* 文化
impressionable〔ɪm'prɛʃənəbl̩〕*adj.* 易受影響的
adult〔ə'dʌlt〕*n.* 成年人
content〔'kɑntɛnt〕*n.* 內容 idea〔aɪ'diə〕*n.* 觀念
get used to 習慣

Questions 7-9: Respond to Questions Using Information Provided

 題目解說

【中文翻譯】

佛森街年度春季家庭暨花園展

爲期三天的活動中，一定有符合每個人品味的商品。

2/4（五）至 2/6（日）

早上 9：00 到傍晚

今年，我們在佛森公園擴大舉辦，佔地共六千平方公尺。

來逛逛數百個展示且販售所有最新產品的攤位吧！

你可以從我們熱情的專家那裡獲得你需要的幫助。

名人嘉賓：戈登・拉姆齊、皮埃爾・德・彼得羅、汪黛・塞克絲，以及來自「澤西海岸玩咖日記」的麥可・「狀況」・索倫帝諾

每天每位嘉賓將會在中央舞台上出席一小時

三項抽獎大禮：

1. 贏得價值一萬美元的居家修繕金。
2. 贏得價值五千美元的居家景觀改造金。
3. 贏得價值兩千五百美元的居家改善禮券。

入場門票：一日券 15 美元，兩日券 25 美元，三日券 35 美元

12 歲以下兒童免費入場

更多資訊請參訪我們的網站 **www.hometogrowwith.net**

** annual〔ˈænjuəl〕*adj.* 一年一度的　spring〔sprɪŋ〕*n.* 春天
show〔ʃo〕*n.* 展覽　taste〔test〕*n.* 品味
event〔ɪˈvɛnt〕*n.* 活動　dusk〔dʌsk〕*n.* 黃昏
expand〔ɪkˈspænd〕*v.* 擴張　square〔skwɛr〕*n.* 平方
feet〔fit〕*n.* 呎　browse〔brauz〕*v.* 瀏覽
stall〔stɔl〕*n.* 攤位　vendor〔ˈvɛndɚ〕*n.* 小販
demonstrate〔ˈdɛmənˌstret〕*v.* 展示　eager〔ˈigɚ〕*adj.* 熱情的
expert〔ˈɛkspɝt〕*n.* 專家　appear〔əˈpɪr〕*v.* 出席
center〔ˈsɛntɚ〕*n.* 中心　stage〔stedʒ〕*n.* 舞台
grand〔grænd〕*adj.* 盛大的　draw〔drɔ〕*n.* 抽獎
renovation〔ˌrɛnəˈveʃən〕*n.* 修繕　makeover〔ˈmekovɚ〕*n.* 改造
improvement〔ɪmˈpruvmənt〕*n.* 改善
gift certificate 禮券　admission〔ədˈmɪʃən〕*n.* 入場費

必背答題範例 （**Track 2-06**）

Q7：活動是幾號開始？幾號結束？

A7：這是一個三天的活動。
星期五開始。
星期天結束。

Q8：每項大獎分別值多少錢？

A8：房屋修繕獎項價值一萬元。
房屋景觀改造獎項價值五千元。
最後，居家環境改善禮券價值兩千五百元。

Q9：我是澤西海岸玩咖日記的超級粉絲，我在何時能夠看到麥可·「狀況」·索倫帝諾？有其他明星嘉賓會出席嗎？

A9：所有的明星嘉賓每天都會出席。
他們會在那裡一個小時。
讓我確認一下索倫帝諾先生的行程。

在這裡。
「狀況」會在每天下午同樣時間出現。
他會從下午三點開始在中央舞台上出現一小時。

我們還有其他明星嘉賓會出席。
戈登・拉姆齊是有名的電視節目主廚。
然後汪黛・塞克絲是一位很受歡迎的喜劇女演員。

** ———————————

chef〔ʃɛf〕*n.* 主廚 comedienne〔kəˌmidɪɛn〕*n.* 女喜劇演員

Question 10: Propose a Solution

 題目解說

【語音留言】

嗨，我是麗塔・波特曼。我現在是從機場打的電話。你們的一台計程車二十分鐘前讓我在國際離境航廈下車。我想我把皮夾掉在計程車上了。我在航空櫃臺登機時發現它不見了。我在包包或手提袋中都找不到。我已經重新檢查我抵達後走過的路線，我還是無法找到它。我的身份證件在皮夾裡而且沒有它我就無法登機。它一定就在計程車裡。我不記得計程車司機的全名。我想他的名字叫做里奧，他的姓氏好像是拉美裔姓氏之類的。他部分駕照號碼是 2309。可以請你找到這位司機並且請他找我的錢包嗎？我不能錯過我的班機。它一小時內就要起飛了。我會支付將它運送到我這裡的費用。請盡快打給我。我的號碼是 555-8890。

** ***drop** sb.* ***off*** 讓某人下車
international〔ˌɪntɚˈnæʃənl̩〕*adj.* 國際的
departure〔dɪˈpɑrtʃɚ〕*n.* 離境 terminal〔ˈtɝmənl̩〕*n.* 航廈
missing〔ˈmɪsɪŋ〕*adj.* 遺失的 ***check in*** 登機
airline〔ˈɛrˌlaɪn〕*n.* 航空櫃臺；航空公司 purse〔pɝs〕*n.* 錢包

carry-on〔ˈkærɪˌɑn〕*adj.* 手提的　retrace〔rɪˈtres〕*v.* 回顧；追溯
route〔rut〕*n.* 路線　locate〔ˈloket〕*v.* 找出；查出
identification〔aɪˌdɛntəfəˈkeʃən〕*n.* 身份證件
Hispanic〔hɪsˈpænɪk〕*adj.* 西班牙的；拉丁美洲的
license〔ˈlaɪsn̩s〕*n.* 駕照　***look for*** 尋找

 必背答題範例 （**Track 2-06**）

 中文翻譯

哈囉，波特曼女士。
我的名字是恰克・席普。
我這裡是黃色計程車。

聽起來您的手邊出了一點狀況。
我能理解您的急迫。
我想我可以幫忙。

我已經追蹤到司機。
您說的沒錯，他的名字是里奧。
他找到了您的皮夾。

不幸的是，有個小問題。
里奧正在橫跨城市的途中。
他接送了另一名乘客。

我已經請他盡快返回機場。
然而，我不確定需要多久。
但請您放心，我們會將錢包送去給您。

同時，我需要您回撥電話給我。
我會安排里奧和你在機場碰面。
謝謝。

** ______________________

situation〔ˌsɪtʃʊˈeʃən〕*n.* 狀況　***on your hands*** 手邊
understand〔ˌʌndɚˈstænd〕*v.* 瞭解　sense〔sɛns〕*n.* 感覺
urgency〔ˈɝdʒənsɪ〕*n.* 急迫　***manage to*** 設法做到
track down 追蹤到　correct〔kəˈrɛkt〕*adj.* 正確的
unfortunately〔ʌnˈfɔrtʃənɪtlɪ〕*adv.* 不幸地
halfway〔ˈhæfwe〕*adv.* 在中途　***pick up*** 接送
fare〔fɛr〕*n.*（計程車等的）乘客　***rest assured*** 放心

Question 11: Express an Opinion

提議一間多功能娛樂綜合設施興建在離你住的地方相當近。請問你同意或是反對這個想法？

** propose〔prəˈpoz〕*v.* 提議　purpose〔ˈpɝpəs〕*n.* 目的
entertainment〔ˌɛntɚˈtenmənt〕*n.* 娛樂
complex〔kəmˈplɛks〕*n.* 綜合設施
quite〔kwaɪt〕*adv.* 相當地　support〔səˈport〕*v.* 支持
oppose〔əˈpoz〕*v.* 反對

必背答題範例　（Track 2-06）

中文翻譯

我認為這是一個很棒的想法。
我完全支持這個想法。
它有許多積極的面向。

首先，在這個城市裡沒有任何事情可以做。
距離最近的購物商場在下一個城鎮。
大約要三十分鐘車程。

第二，這會帶來當地的工作機會。
我們社區的失業率很高。
人們會很開心有一個離家很近的地方可以工作。

第三，這會是我們當地的經濟的巨大改善。
我們已經爲這個議題請願很長一段時間了。
我們非常需要錢。

我很確定會有一些負面觀點。
我很確定人們會找到理由反對它。
我個人認爲優點大過缺點。

最重要的是要看宏觀的角度。
什麼是會爲多數人帶來好處的？
長遠來看，這個提案是該去做的正確之事。

** ___________________________

fully〔ˈfʊlɪ〕*adv.* 完全地　***first of all*** 首先
shopping mall 購物商場　drive〔draɪv〕*n.* 車程
create〔krɪˈet〕*v.* 創造　local〔ˈlokl̩〕*adj.* 當地的
unemployment〔ˌʌnɪmˈplɔɪmənt〕*n.* 失業率
community〔kəˈmjunətɪ〕*n.* 社區　thrilled〔θrɪld〕*adj.* 開心的
tremendous〔trɪˈmɛndəs〕*adj.* 巨大的
boost〔bust〕*n.* 改善；提升　economy〔ɪˈkɑnəmɪ〕*n.* 經濟
petition〔pəˈtɪʃən〕*v.* 請願　project〔ˈprɑdʒɛkt〕*n.* 計劃
desperately〔ˈdɛspərɪtlɪ〕*adv.* 極度地
negative〔ˈnɛgtɪv〕*adj.* 負面的　reason〔ˈrizn̩〕*n.* 理由
against〔əˈgɛnst〕*prep.* 反對
personally〔pɝsn̩lɪ〕*adv.* 就個人而言
pro〔pro〕*n.* 優點　con〔kɑn〕*n.* 缺點
outweigh〔aʊtˈwe〕*v.* 比…更重要　main〔men〕*adj.* 重要的
big picture 重點；宏觀的角度　benefit〔ˈbɛnəfɪt〕*v.* 有益於
in the long run 長遠來看　proposal〔prəˈpozl̩〕*n.* 提案

New TOEIC Writing Test 詳解

Questions 1-5: Write a Sentence Based on a Picture

答題範例

A1: The woman is riding on a tiger.
女人正騎在一隻老虎上。

A2: The man is preparing to build a fire.
男人正準備生火。

A3: These people are holding protest signs.
這些人正拿著抗議的牌子。

A4: It's a cake for a child's birthday.
這是一個爲了孩子生日準備的蛋糕。

A5: The man caught a huge fish.
男人抓到了一隻巨大的魚。

** ────────────

prepare〔prɪ'pɛr〕*v.* 準備　　***build a fire*** 生火
protest〔prə'tɛst〕*n.* 抗議　　sign〔saɪn〕*n.* 標牌；標誌
huge〔hjudʒ〕*adj.* 巨大的

Questions 6-7: Respond to a Written Request

➤ Question 6:

題目翻譯

說　明：閱讀以下電子郵件。

從：華特・馬克斯 walt mark@gmail.com
致：蕾貝卡・昆西 q_roc@msn.com
日期：八月七號星期四
主旨：會議

蕾貝卡：

我提議我們將八月的員工會議重新安排到下週五。因爲有些員工正在休假或病假，會議的出席率會很低。而且，既然沒有急迫的議題需要討論，等個一週不會造成任何傷害。請讓我知道你的想法且回信給我。

謝謝，
華特

說明：回覆這封信並且給出兩個理由，說明爲什麼你認爲重新安排會議不是個好主意。

** meeting〔ˈmitɪŋ〕*n.* 會議　propose〔prəˈpoz〕*v.* 提議
reschedule〔riˈskɛdʒul〕*v.* 重新安排
staff〔stæf〕*n.* 職員　***due to*** 因爲；由於
on vacation 休假中　***sick leave*** 病假
poorly〔purlɪ〕*adv.* 不足地；缺乏地
attend〔əˈtɛnd〕*v.* 出席；參加
pressing〔ˈprɛsɪŋ〕*adj.* 急迫的

答題範例

華特：

雖然我了解你的想法。我還是必須反對這個重新安排的提議。第一，下星期我會去度假，因此我無法出席會議。在那樣的情況下，其他人必須代替我做銷售報告，我對於將我的責任丟給別人感到過意不去。第二，這不是我們第一次遇到這種問題，而且在過去我們總是如期舉行會議。重新安排會議會逼得每個人要調整他們的工作量，而且我不認爲這值得這樣麻煩。總之，這是我個人的一點小意見。讓我知道最後的決定。

誠摯地，
蕾貝卡

** point〔 pɔɪnt 〕*n.* 要點　***disagree with*** 反對
proposal〔 prə'pozl̩ 〕*n.* 提議　***be able to*** 能夠
case〔 kes 〕*n.* 狀況　else〔 ɛls 〕*adj.* 其他的
comfortable〔'kʌmfɚtəbl̩ 〕*adj.* 舒適的　***pass on*** 傳遞
responsibility〔 rɪˌspɑnsə'bɪlətɪ 〕*n.* 責任
encounter〔 ɪn'kaʊntɚ 〕*v.* 遭遇　issue〔'ɪʃʊ 〕*n.* 議題
force〔 fors 〕*v.* 逼迫　adjust〔 ə'dʒʌst 〕*v.* 調整
workload〔'wɝkˌlod 〕*n.* 工作量
worth〔 wɝθ 〕*adj.* 值得的
trouble〔'trʌbl̩ 〕*n.* 麻煩
my two cents 我個人的意見；我的淺見（= *my humble opinion*）

➤ Question 7:

題目翻譯

說　明：閱讀以下電子郵件。

寄件人：湯尼・泰勒
收件人：蘿拉・布拉克
主旨：歡迎來到綠寶石森林！

親愛的布拉克女士：

身爲綠寶石森林住戶大會的會長，我想親自歡迎妳來到我們的社區。搬到一個新地方總是讓人感到充滿壓力；妳可能會遇到一些困難，或是當妳在安頓新家時也會碰到問題。如果有任何可以幫助妳的地方，請隨時聯繫我。我期待你的回音。

妳的，
湯尼

說明：你有興趣加入住戶大會。寫一封信給湯尼，詢問有關成爲會員的流程。

** emerald〔ˈɛmərəld〕*n.* 綠寶石
grove〔grov〕*n.* 小樹林；樹叢
president〔ˈprɛzədənt〕*n.* 會長
homeowner〔homˈonɚ〕*n.* 屋主
association〔əˌsosɪˈeʃən〕*n.* 協會；團體
would like to 想要　personally〔ˈpɝsn̩lɪ〕*adv.* 親自地
welcome〔ˈwɛlkəm〕*v.* 歡迎

neighborhood〔ˈnebɚˌhʊd〕*n.* 社區
move to 搬家到…　location〔loˈkeʃən〕*n.* 地方
stressful〔ˈstrɛsfəl〕*adj.* 壓力大的
encounter〔ɪnˈkaʊntɚ〕*v.* 遇到
difficulty〔ˈdɪfəˌkʌltɪ〕*n.* 困難
question〔ˈkwɛstʃən〕*n.* 問題　***settle in*** 安頓；定居
contact〔ˈkɑntækt〕*v.* 聯絡　***look forward to*** 期待
hear from 得知；聽聞　***be interested in…*** 對…感興趣
inquire〔ɪnˈkwaɪr〕*v.* 詢問
process〔ˈprɑsɛs〕*n.* 程序

湯尼：

感謝你熱心的歡迎！現在，一切似乎都進行得很順利。不過，我對加入住戶大會很感興趣。可以請你寄一些關於流程的資訊以及會員資格包含哪些內容嗎？

謝謝，
蘿拉

** warm〔wɔrm〕*adj.* 熱心的　***at the moment*** 此刻；現在
seem〔sim〕*v.* 似乎；看來　smoothly〔smuðlɪ〕*adv.* 順利地
process〔ˈprɑsɛs〕*n.* 流程
membership〔ˈmɛmbɚˌʃɪp〕*n.* 會員
entail〔ɪnˈtel〕*v.* 包含；牽涉

Question 8: Write an Opinion Essay

題目翻譯

說謊有可能是有正當理由的嗎？使用論證和例子來闡述你的意見。

** lie〔 laɪ 〕*n.* 謊言　justified〔ˈdʒʌstəfaɪd〕*adj.* 有正當理由的
reason〔ˈrizn̩〕*n.* 理由　example〔 ɪgˈzæmpl̩ 〕*n.* 實例
state〔 stet 〕*v.* 陳述　opinion〔 əˈpɪnjən 〕*n.* 看法

答題範例

只有在極少數的情況下，說謊才是最好的選擇。即便是善意的謊言，都會造成人際關係的不信任。例如，假設我聽到一個朋友在講電話，宣稱她沒有空，而且說謊說得很輕鬆。從那個時間點開始，一層不信任就產生了，因爲我總是會想著我是否也被騙了。

** circumstance〔ˈsɝkəmˌstæns〕*n.* 情況
option〔ˈɑpʃən〕*n.* 選擇　***white lie*** 善意的謊言
create〔 krɪˈet 〕*v.* 創造　mistrust〔 mɪsˈtrʌst 〕*n.* 不信任
relationship〔 rɪˈleʃənˌʃɪp 〕*n.* 關係　***let's say*** 假設
on the phone 電話中　claim〔 klem 〕*v.* 宣稱
available〔 əˈveləbl̩ 〕*adj.* 有空的
smoothly〔 smuðlɪ 〕*adv.* 輕鬆地　layer〔ˈleɚ〕*n.* 一層
wonder〔ˈwʌndɚ〕*v.* 想知道　***as well*** 也

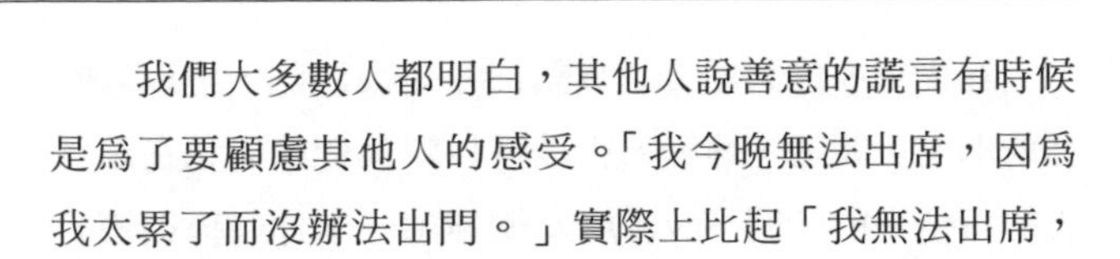

我們大多數人都明白，其他人說善意的謊言有時候是為了要顧慮其他人的感受。「我今晚無法出席，因為我太累了而沒辦法出門。」實際上比起「我無法出席，因為我有另一個約會。」更有禮貌，如果後者是假的。

** understand〔ˌʌndɚˈstænd〕*v.* 瞭解
save〔sev〕*v.* 保護　　else〔ɛls〕*adj.* 其他的
make it 按時到達某處　　***too…to*** 太…以致於不能
actually〔ˈæktʃuəlɪ〕*adv.* 實際上
polite〔pəˈlaɪt〕*adj.* 有禮貌的
engagement〔ɪnˈgedʒmənt〕*n.* 約會
latter〔ˈlætɚ〕*adj.* 後者　　untrue〔ʌnˈtru〕*adj.* 不眞實的

善意的謊言無法幫助任何人。如果你問我是否喜歡你的髮型而我覺得很醜，我應該告訴你這不是讓你看起來最有吸引力的髮型，因為這樣你就能做點什麼。(下一次你問我，如果我說你的髮型看起來很棒，你就會知道我不是只是說說而已。換句話說，讚美變得更有意義。)

** haircut〔ˈhɛrˌkʌt〕*n.* 髮型
attractive〔əˈtræktɪv〕*adj.* 吸引人的
praise〔prez〕*v.* 稱讚
meaningful〔ˈminɪŋfəl〕*adj.* 有意義的

在更重要的議題上說實話而不是說謊話，可以幫助你的朋友、親戚，等等，或是可以幫他們節省花在沒意義的事情上的時間。鼓勵朋友繼續讀一本你覺得很糟的書，一點都無法幫助他們。

** ***rather than*** 而不是　relative〔ˈrɛlətɪv〕*n.* 親戚
meaningless〔ˈminɪŋlɪs〕*adj.* 不重要的
encourage〔ɪnˈkɝɪdʒ〕*v.* 鼓勵
continue〔kənˈtɪnjʊ〕*v.* 繼續
terrible〔ˈtɛrəbl̩〕*adj.* 糟糕的

在說實話和不禮貌中間有一條界線。說「那個髮型不是非常討人喜歡」是說實話，但是「呃，那是一個很糟透的髮型」就是無禮。唯一的問題是，不計一切代價想說實話的衝動，可能會變相讓人變得很沒禮貌。另一方面，那些原本就不打算有禮貌的人，很可能就會繼續這麼做。

** line〔laɪn〕*n.* 界線　truth〔truθ〕*n.* 事實
rude〔rud〕*adj.* 不禮貌的　terribly〔ˈtɛrəbl̩ɪ〕*adv.*【口】非常
flattering〔ˈflætərɪŋ〕*adj.* 討人喜歡的；悅人的
horrible〔ˈhɔrəbl̩〕*adj.*【口】糟透的；極討厭的
compulsion〔kəmˈpʌlʃən〕*n.* 衝動
at all costs 不計一切代價　***on the other hand*** 另一方面

那如果你在你的閣樓藏匿安妮・法蘭克而且納粹就在門口呢？你不應該對於知道法蘭克的下落說謊，而應該說「即使我知道，我也不會告訴你。」因爲如果不這樣說的話，就是將責任推給別人。

** hide〔haɪd〕*v.* 藏匿　attic〔ˈætɪk〕*n.* 閣樓
Nazi〔ˈnɑtsɪ〕*n.* 納粹　***at the door*** 在門口
whereabouts〔ˌhwɛrəˈbaʊts〕*n.* 下落
pass the buck 推諉責任

我特別不喜歡人們用說謊來處理孩子的要求（例如說：「你不能再吃更多糖果，因爲它們全都不見了。」當你只是不想給他們更多）。我想要我的小孩相信我。如果我說謊，即使只是關於不重要的事情，建立的會是什麼樣的榜樣？我不確定我是否已經準備好戒掉所有善意的謊言，但我認爲更多的誠實可以幫助我們所有人。

** dislike〔dɪsˈlaɪk〕*v.* 不喜歡
deal with 處理　demand〔dɪˈmænd〕*v.* 要求
be ready to 準備好　***do away with*** 戒掉
single〔ˈsɪŋgl̩〕*adj.* 單一個　honesty〔ˈɑnɪstɪ〕*n.* 誠實

全真多益模擬試題③教師手冊

主　　編／劉　毅

發 行 所／學習出版有限公司　☎ (02) 2704-5525

郵撥帳號／05127272 學習出版社帳戶

登 記 證／局版台業 2179 號

印 刷 所／文聯彩色印刷有限公司

台北門市／台北市許昌街 10 號 2 F　☎ (02) 2331-4060

台灣總經銷／紅螞蟻圖書有限公司　☎ (02) 2795-3656

本公司網址　www.learnbook.com.tw

電子郵件　learnbook@learnbook.com.tw

書 + CD 一片售價：新台幣一百八十元正

2016 年 11 月 1 日初版

4713269381846